Duchemin DeVilliers

TEATRE DE M.<sup>r</sup> RENARD.

Tom 2.<sup>me</sup>

Democrite.

# LES
# ŒUVRES
## DE
## M. REGNARD.

*TOME II.*

A PARIS.

Chez Pierre Ribou, Quay des
Auguftins, à la defcente du Pont Neuf,
à l'image S. Louis.

M. DCC VII.
*Avec Approbation & Privilege du Roy.*

# PIECES CONTENUES

### dans ce II. Volume.

# DEMOCRITE,

## *COMEDIE,*

### Represente'e en 1700.

# ACTEURS.

DEMOCRITE.

AGELAS, Roy d'Athenes.

AGENOR, Prince d'Athenes.

ISMENE, Princesse promise à Agelas,

STRABON, Suivant de Democrite.

CLEANTHSI, Suivante d'Ismene.

CRISEIS, cruë. fille de Thaler.

THALER, Paysan.

UN INTENDANT.

UN MAISTRE D'HOSTEL,

*La Scene est à Athenes,*

# DEMOCRITE,

## COMEDIE.

# ACTE I.

## SCENE PREMIERE.

*Le Théâtre represente un Desert , & une Caverne dans l'enfoncement.*

### STRABON *seul.*

UE maudit soit le jour, où j'eus la fantaisie
D'estre Valet de pied de la Philosophie !
Depuis prés de deux ans , je vis en cet endroit ;
Mal vestu,mal couché, buvant chaud,mangeant froid,
Suivant de Democrite, en cette solitude ,
Ce n'est qu'avec des Ours que j'ay quelque habitude.

*ll Tome.* A.ij

Pour un homme d'esprit comme moy, ce sont gens
Fort mal moriginez, & peu divertissans.
Quand je songe d'ailleurs à la méchante femme
Dont j'estois le mary, Dieu veuille avoir son ame;
Je la crois bien deffunte; & s'il n'estoit ainsi,
Le Diable n'eût manqué de l'apporter icy.
Depuis vingt ans & plus, son extrême insolence
Me fit quitter Argos, le lieu de ma naissance;
J'erre depuis ce temps de climats en climats,
Et j'ay dans ce desert enfin fixé mes pas.
Quelques maux que j'endure en ce lieu solitaire,
Je me tiens trop heureux d'avoir pû m'en défaire,
Et je suis convaincu que nombre de maris
Voudroient de leur moitié se voir loin à ce prix.
Thaler vient. Le Manant, pour notre subsistance,
Chaque jour du Village apporte la pitance;
Il nous fait bien souvent de fort mauvais repas;
Il faut prendre ou laisser, & l'on ne choisit pas.

# SCENE II.

### STRABON, THALER *Paysan*, *portant une sporte de jonc.*

#### THALER.

Bon jour, Strabon.

#### STRABON.

Bon jour.

#### THALER.

Voicy votre ordinaire.

#### STRABON.

Bon, tant mieux, aujourd'huy ferons-nous bonne
chere?

Depuis deux ans je jeûne en ce defert maudit ;
Un jeûne de deux ans caufe un rude appetit.

### THALER.

Morgué, pour aujourd'huy j'ons tout mis par écuelle,
Et c'eft pis qu'une noce.

### STRABON.

Ah ! la bonne nouvelle !

### THALER.

Voicy dans mon panier des dattes , des pignons ,
Des noix , des raifins fecs , & quantité d'oignons.

### STRABON.

Quoy , toujours des oignons ? Efprit philofophique ,
Que vous coûtez de maux à ce cadavre étique!

### THALER.

Je vous apporte auffi cette bouteille d'eau ,
Que j'ay prife en paffant dans le plus clair ruiffeau.

### STRABON.

Une bouteille d'eau , le breuvage eft ignoble.
Ce n'eft donc point chez vous un Pays de vignoble ?
Tout eft-il en oignons ? n'y croift-il point de vin ?

### THALER.

Ouy da ; mais Democrite , habile Medecin ,
Dit que du vin l'on doit fur-tout faire abftinence ,
Quand on veut mourir tard.

### STRABON.

Ah Ciel ! quelle ordonnance!
C'eft mourir tous les jours , que de vivre fans vin.
Mais laiffe Democrite achever fon deftin ,
C'eft un homme bizare , ennemy de la vie ,
Qui voudroit m'immoler à la philofophie ,
Me voir comme un fantofme ; & quand tu reviendras ,
De grace , apporte-m'en le plus que tu pourras ,
Mais du meilleur au moins , car c'eft pour un malade ,
Et je boiray pour toy la premiere rafade ;
Entens-tu , mon enfant ?

### THALER.

Je n'y manqueray pas.

STRABON.

Où donc eſt Criſeis , qui ſuit par fois tes pas ?
J'aime encore le ſexe.

THALER.

Elle eſt morgué gentille ;

Et Democrite . . .

STRABON.

Eſtant, comme je crois, ta fille,
Ayant de plus tes traits ; & cet air ſi charmant,
Elle ne peut manquer de plaire aſſurément.

THALER.

Oh , ce ſont des effets de votre complaiſance ;
Mais elle n'eſt pas tant ma fille que l'on penſe.

STRABON.

Comment donc ?

THALER.

Bon ! qui ſçait d'où je venons tretous ?

STRABON.

C'eſt donc la mode auſſi d'en uſer parmy vous
Comme on fait à la Ville, où l'on voit d'ordinaire
Qu'on ne ſe pique pas d'eſtre enfant de ſon pere ?

THALER.

Suffit, je m'entens bien ; mais enfin m'eſt avis
Que votre Democrite en tient pour Criſeis.

STRABON.

Pour Criſeis ?

THALER.

Il a l'ame un tantet feruë.

STRABON.

Bon, bon !

THALER.

Je vous ſoutiens que je ne ſuis pas gruë ,
Je flaire un amoureux, voyez-vous , de cent pas ;
Je vois qu'il eſt fâché quand il ne la voit pas.

STRABON.

Il eſt tout occupé de la Philoſophie.

THALER.

Qu'importe ? Quand on voit une fille jolie ,

Le Diable eſt bien malin, & fait ſouvent ſon coup.
### STRABON.
Parbleu, je le voudrois, m'en coutât-il beaucoup.
### THALER.
Mais vous, qui prés de luy paſſez ainſi la vie,
Que diantre faites-vous tout le jour ?
### STRABON.
Je m'ennuye.

Voila tout mon employ.
### THALER.
Bon ! vous vous moquez bien ;
Et peut-on s'ennuyer, lorſque l'on ne fait rien ?
### STRABON.
Animé d'une ardeur vrayment philoſophique,
Je m'eſtois figuré que dans ce lieu ruſtique
Je vivrois affranchy du commerce des ſens,
Et n'aurois pour mon corps nuls ſoins embaraſſans ;
Qu'entierement défait de femme & de ménage,
Les paſſions ſur moy n'auroient nul avantage,
Mais je me ſuis trompé, ma foy, bien lourdement,
Le corps contre l'eſprit regimbe à tout moment.
### THALER.
Et que fait Democrite en cette grotte obſcure ?
### STRABON.
Il rit.
### THALER.
Il rit ? De quoy ?
### STRABON.
De l'humaine nature.
Il ſoutient par raiſons, que les hommes ſont tous
Sots, vains, extravagants, ridicules, & fous.
Pour les fuir, tout le jour il eſt dans ſa caverne :
Et la nuit, quand la Lune allume ſa lanterne,
Nous grimpons l'un & l'autre au ſommet des rochers,
Plus eſlevez cent fois que les plus hauts clochers ;
Aux Aſtres en ces lieux nous rendons nos viſites,
Nous voyons Jupiter avec ſes Satellites ;
Nous ſçavons ce qui doit arriver icy-bas,

A iiij

Et je m'inſtruis, pour faire un jour des Almanachs.
### THALER.
Des Almanachs ? Morgué, j'en voudrois ſçavoir faire
### STRABON.
Hé bien, changeons d'état, ce n'eſt pas une affaire.
Demeure dans ces lieux, & moy j'iray chez toy.
Tu deviendrois ſçavant, tu ſçaurois, comme moy,
Que rien ne vient de rien, & que des particules,
Rien ne retourne en rien ; de plus, les corpuſcules...
Les atoſmes d'ailleurs, par un ſecret lien,
Acrochez dans le vuide . . . Entens-tu bien ?
### THALER.
Fort bien.

### STRABON.
Que l'ame & que l'eſprit n'eſt qu'une meſme choſe,
Et que la verité que chacun ſe propoſe,
Eſt dans le fond d'un puits.
### THALER.
Elle peut s'y cacher,

Je ne croy pas, tout franc, que j'aille l'y chercher.
### STRABON.
Mais, raillerie à part, achete mon office,
Tu pourois dés ce jour entrer en exercice,
J'en feray mon marché.
### THALER.
C'eſt bien l'argent, ma foy,

Qui nous arreſteroit! J'ay, ſi je veux, de quoy
Faire aller un caroſſe, & rouler à mon aiſe.
### STRABON.
Et comment as-tu fait cela, ne te deplaiſe ?
### THALER.
Comment ? Je le ſçay bien, il ſuffit.
### STRABON.
Mais encor,

Aurois-tu par hazard trouvé quelque treſor ?
### THALER.
Que ſçait-on ? . . .

STRABON.

Un tresor ? en quel lieu peut-il estre ?
Dis-moy.

THALER.

Bon, quelque sot ! Vous jazeriez peut-estre

STRABON.

Non, ma foy.

THALER.

Votre foy ?

STRABON.

Je veux estre un maraut,
Si...

THALER.

Vous me promettez..

STRABON.

Parle donc au plutôt.
Est-il loin d'icy ?

THALER *tirant un riche bracelet.*

Non, le voilà dans ma poche.

STRABON.

Le Coquin dans le bois a volé quelque Coche.
Juste Ciel ! d'où te vient ce bijou plein de feu ?

THALER.

De notre femme.

STRABON.

Ah, ah ! de ta femme ! A quel jeu
L'a-t-elle donc gagné ?

THALER.

Bon ! est-ce mon affaire ?
Mais Democrite vient, motus, il faut se taire.

# SCENE III.

## DEMOCRITE, STRABON, THALER,

### DEMOCRITE.

SUivant les Anciens, & ce qu'ils ont écrit,
L'homme est de sa nature un animal qui rit,
Cela se voit assez ; mais pour moy, sans scrupule,
Je veux le définir, animal ridicule.

### STRABON.

Ce début n'est pas mal.

### DEMOCRITE.

            Il est à tout moment
La dupe de luy-mesme, & de son changement.
Il aime, il hait, il craint, il espere, il projette
Il condamne, il approuve, il rit, il s'inquiete,
Il se fâche, il s'apaise, il évite, il poursuit,
Il veut, il se repent, il éleve, il détruit ;
Plus leger que le vent, plus inconstant que l'onde,
Il se croit en effet le plus sage du monde :
Il est sot, orgueilleux, ignorant, inégal,
Je puis rire, je croy, d'un pareil animal.

### STRABON.

Dans ce panégyrique où votre esprit s'aiguise,
La femme, s'il vous plaist, n'est-elle pas comprise ?

### DEMOCRITE.

Ouy, sans doute.

### STRABON.

         En ce cas, je suis de votre avis.

### DEMOCRITE.

Ah ! vous voila, bon homme, où donc est Criseis ?

### THALER.

Je l'attendois icy, j'en ay le cœur en peine ;
Elle s'est amusée au bord de la fontaine ;
Elle tarde, & cela commence à me fâcher,
Elle viendra bien-tost, car je vais la chercher.

# SCENE IV.

## DEMOCRITE, STRABON.

### STRABON.

NOus sommes dans ces lieux à l'abry des visites,
Des sots écornifleurs, & des froids parasites ;
Car je ne pense pas que nul d'entre-eux jamais
Y puisse estre attiré par l'odeur de nos mets.
Voudriez-vous tâter dans cette conjoncture,
D'un repas aprefté par la seule Nature ?
  ( Il tire son diner. )

### DEMOCRITE.

Toujours boire & manger ! Carnacier animal,
C'est bien fait, suis toujours ton appetit brutal.
Le corps, ce poids honteux, où l'ame est asservie,
T'occupera-t'il seul le reste de ta vie ?

### STRABON.

Quand je nourris le corps, l'esprit s'en porte mieux.

### DEMOCRITE.

Ame stupide & grasse.

### STRABON.

                    Elle est grasse à vos yeux,
Mais mon corps en revanche est maigre, dont j'enrage,
Je suis las à la fin de tout ce badinage ;
Et si vous ne quittez les lieux où nous voila,
Je seray bien contraint, moy, de vous planter là ;
Je suis un parchemin, mon corps est diaphane.

                                        A vj

**DEMOCRITE.**

Va, fuy de devant moy, retire-toy, prophane;
Puifque ton cœur eft plein de fentimens fi bas,
Affez d'autres fans toy fuivront icy mes pas.
Je voulois te guerir de tes erreurs funeftes,
Te mener par la main aux regions celeftes,
Affranchir ton efprit de l'empire des fens,
Tu ne merites pas la peine que je prens,
Animal fenfuel qui n'oferois me fuivre.

**STRABON.**

Senfuel, j'en conviens, j'aime à manger pour vivre,
Mais on ne dira pas que je fois amoureux.

**DEMOCRITE.**

Qu'entens-tu donc par là ?

**STRABON.**

J'entens ce que je veux,
Et vous ce qu'il vous plaift.

**DEMOCRITE** *à part.*

Sçauroit-il ma foibleffe ?
Mais ce n'eft pas à moy que ce difcours s'adreffe.

**STRABON.**

Eftes-vous amoureux, pour relever ce mot ?

**DEMOCRITE.**

Democrite amoureux !

**STRABON.**

Seriez-vous affez fot
Pour donner comme un autre en l'erreur populaire ?

**DEMOCRITE** *à part.*

Cela n'eft que trop vray.

**STRABON.**

Vous chercheriez à plaire,
Et feriez le galand ? J'en rirois tout mon fou.
Mais je vous connois trop, vous n'eftes pas fi fou.

**DEMOCRITE** *à part.*

Que je fouffre en dedans, & qu'il me mortifie !

**STRRAON.**

Vous avez le rempart de la philofophie ;
Et lorfque le cœur veut s'émanciper par fois,

La Raison auffi-toft luy donne fur les doigts.
#### DEMOCRITE.
Il eft des paffions que l'on a beau combatre ,
On ne fçauroit jamais tout à fait les abatre ,
Sous la fageffe en vain on fe met à couvert ,
Toûjours par quelqu'endroit notre cœur eft ouvert.
L'Homme fait malgré luy fouvent ce qu'il condamne.
#### STRABON.
Va , fuy de devant moy , retire-toy , prophane ,
Puifque ton cœur eft plein de fentimens fi bas ,
Affez d'autres fans toy fuivront ailleurs mes pas,
Animal fenfuel.
#### DEMOCRITE.
Quoy ? tu crois donc que j'aime ?
Je voudrois me cacher ce fecret à moy-même.
#### STRABON.
Le Ciel m'en garde ; mais j'ay crû m'apercevoir
Que les Filles vous font encor plaifir à voir ;
Votre humeur ne m'eft pas tout-à-fait bien connuë ,
Où Crifeis par fois vous réjoüit la veuë.
#### DEMOCRITE.
D'accord , fon cœur novice à l'infidelité ,
Par le commerce humain n'eft point encor gafté ,
La Verité fe voit en elle toute pure ,
C'eft une fleur qui fort des mains de la nature.
#### STRABON.
Vous avez fait divorce avec le genre humain ,
Mais vous vous racrochez encore au feminin.
#### DEMOCRITE.
Tu te mocques de moy. Mais Crifeis s'avance ,
Sur fon front pudibond brille fon innocence.

# SCENE V.

## CRISEIS, DEMOCRITE, STRABON.

### CRISEIS.

JE cherche icy mon Pere, & ne le trouve pas,
Jufqu'affez prés d'icy j'avois fuivy fes pas,
Ne l'avez-vous point vû? dites moy, je vous prie,
Seroit-il retourné?

### DEMOCRITE à part.

Dans mon ame attendrie
Je fens en la voyant la Raifon & l'Amour,
L'Homme & le Philofophe agitez tour à tour.

### STRABON.

N'avez-vous point, la belle, en votre promenade
Donné, fans y penfer, prés de quelque embufcade?
On trouve quelquefois au milieu des forêts,
Des Silvains pétulans, des Faunes indifcrets,
Qui du foir au matin vont à la picorée,
Et n'ont nulle pitié d'une fille égarée.

### CHRISEIS.

Jamais je ne m'égare, & grace à mon deftin,
Je ne rencontre point telles gens en chemin.
Je m'eftois arreftée au bord d'une fontaine,
Dont le charmant murmure, & l'onde pure & faine
M'invitoit à laver mon vifage & mes mains.

### STRABON.

C'eft auffi tout le fard ont j'ufe fes matins.

### DEMOCRITE.

Tu vois, Strabon, tu vois; c'eft la pure nature,
Son teint n'eft point encor nourry dans l'impofture,

# COMEDIE.

Elle doit son éclat à sa seule beauté.

### STRABON.

Son visage est tout neuf, & n'est point frelaté.

### DEMOCRITE.

Ce fard que vous prenez au bord d'une onde claire
Fait voir que vous avez quelque dessein de plaire.

### CHRISEIS.

D'autres soins en ces lieux m'occupent tout le jour.

### DEMOCRITE.

Sçauriez-vous par hazard ce que c'est ? . . .

### CHRISEIS.

Quoy ?

### STRABON.

L'amour.

### CHRISEIS.

L'amour ?

### STRABON.

Ouy, l'amour.

### CHRISEIS.

Non.

### DEMOCRITE.

Je veux vous en instruire.
Je tremble, & je ne sçay ce que je vais luy dire.

### STRABON.

Quoy, vous qui raisonnez philosophiquement,
Qui parlez à vos sens imperativement,
Qui voyez face à face Etoiles & Planettes,
Une fille vous met en l'état où vous estes ?
Vous tremblez ? allons donc, montrez de la vigueur.

### DEMOCRITE.

Tant de trouble jamais ne regna dans mon cœur.
L'amour est en effet ce qu'on a peine à dire,
C'est une passion que la Nature inspire,
Un appetit secret dans le cœur répandu,
Qui meut la volonté de chaque individu
A se perpetuer, & rendre son espece . . .

### STRABON.

Pour un homme d'esprit, vous parlez mal tendresse.

L'amour, ne vous déplaife, eſt un je ne ſçay quoy,
Qui vous prend, je ne ſçay, ny par où, ny pourquoy;
Qui va je ne ſçais où, qui fait naître en notre ame
Je ne ſçay quelle ardeur que l'on ſent pour la femme;
Et ce je ne ſçay quoy qui paroît ſi charmant,
Sort enfin de nos cœurs, & je ne ſçay comment.

### CRISEIS.

Vous me parlez tous deux une langue étrangere,
Et moins qu'auparavant je connois ce myſtere.
L'amour n'eſt pas, je croy, facile à pratiquer,
Puiſqu'on a tant de peine à pouvoir l'expliquer.
Mon eſprit eſt borné, je ne veux point apprendre
Les choſes qui me font tant de peine à comprendre.

### STRABON.

En exerçant l'amour, vous le comprendrez mieux.
Qui peut ſi bruſquement nous ſurprendre en ces lieux.

# SCENE VI.

AGELAS, AGENOR en *habit de Chaſſeur*, DEMOCRITE, CRISEIS, STRABON.

### AGELAS.

Demeurons dans ce bois, laiſſons aller la chaſſe,
Attendons quelque temps que la chaleur ſe paſſe.
Mais que vois-je ?

### STRABON.

Voilà peut-eſtre de ces gens
Qui vont par les forêts détrouſſer les paſſans.

### CRISEIS.

Pour moy, je ne voy rien dans leur air qui m'étonne.

## AGELAS.

Approchons, que d'appas ! Ciel ! l'aimable perſonne !
Et comment ſe peut-il que ces ſombres forêts
Renferment un objet ſi doux, ſi plein d'attraits ?

## STRABON.

Tout cela ne vaut rien ; ces gens-cy dans leur courſe,
Paroiſſent en vouloir plus au cœur qu'à la bourſe,
Sauvons-nous.

## AGELAS.

Permettez qu'en ce ſauvage endroit
On rende à vos appas l'hommage qu'on leur doit ;
Soufrez . . .

## DEMOCRITE.

Plus long diſcours ſeroit fort inutile,
Vous êtes égarez du chemin de la Ville,
Cela ſe voit aſſez ; mais quand il vous plaira,
Dans la route bien-tôt Strabon vous remettra.

## AGELAS.

Un cerf que nous pouſſons depuis trois ou quatre heu-
res,
Nous a par les détours conduits dans ces demeures,
Et j'ay mis pied à terre en ces lieux détournez.

## DEMOCRITE.

Vous eſtes donc Chaſſeurs ?

## AGELAS.

Des plus déterminez.

## DEMOCRITE.

Ah je m'en rejouïs : Prendre bien de la peine,
Se tuer, s'exceder, ſe mettre hors d'haleine,
Interrompre au matin un tranquile ſommeil,
Aller dans les forêts prévenir le Soleil,
Fatiguer de ſes cris les échos des montagnes,
Paſſer en plein midy les guerêts, les campagnes,
Dans les plus creux vallons fondre en deſeſperez,
Percer rapidement les bois les plus fourez,
Ignorer où l'on va, n'avoir qu'un chien pour guide,
Pour faire fuir un Cerf qu'une feüille intimide,
Manquer la beſte enfin aprés avoir couru,

Et revenir bien-tard, moüillé, las & recru,
Estropié souvent ; dites-moy, je vous prie,
Cela ne vaut-il pas la peine qu'on en rie ?

AGENOR.

Ces occupations & ces nobles travaux,
Sont les amusémens des plus fameux Héros ;
Et lorsqu'à leurs souhaits ils ont calmé la terre,
Ils meslent dans leurs jeux l'image de la guerre.

AGELAS.

Mais sans trop témoigner de curiosité,
Peut-on sçavoir quelle est cette jeune Beauté ?

STRABON.

De quoy vous meslez-vous ?

AGELAS.

On ne peut voir paroître
Un si charmant objet, sans vouloir le connoistre.

STRABON.

Allez courir vos cerfs, s'il vous plaist.

AGENOR.

Sçais-tu bien
A qui tu parles-là ?

STRABON.

Moy, non, je n'en sçay rien.

AGENOR.

Sçais-tu que c'est le Roy ?

STRABON.

Le Roy soit, que m'importe ?

AGENOR.

Mais voyez ce maraut, de parler de la sorte !

STRABON.

Maraut ? Sçachez, Monsieur, que ce n'est point mon
nom,
Et si vous l'ignorez, je m'appelle Strabon,
Philosophe sublime autant qu'on le peut estre,
Suivant de Democrite ; & vous voyez mon Maistre.

AGELAS.

Quoy ? je verrois icy cet homme si divin,
Cet esprit si vanté, ce Democrite enfin,

Que son profond sçavoir jusques aux Cieux éleve ?

**STRABON.**

Ouy, Seigneur, c'est luy-même, & voila son Eleve.

**AGELAS.**

Pardonnez, s'il vous plaist, mes indiscretions.
Je trouble avec regret vos meditations :
Mais la longue fatigue & le chaud qui m'accable . . .

**DEMOCRITE.**

Vous venez à propos, nous nous mettions à table,
Vous prendrez votre part d'un tres frugal repas ;
Mais il faut excuser, on ne vous attend pas ;
Ce sera de bon cœur, & sans ceremonie.

**AGELAS.**

De manger à present je ne sens nulle envie,
Mais je veux toutefois sortant de ce desert
Vous rendre le repas que vous m'avez offert.

**STRABON.**

Sire, vous vous mocquez.

**AGELAS.**

Je veux, que dans une heure
Vous quittiez tous les deux cette triste demeure,
Pour venir à ma Cour.

**DEMOCRITE.**

Qui nous, Seigneur ?

**AGELAS.**

Ouy vous.

**STRABON.**

Que je m'en vais manger !

**AGELAS.**

Vous viendrez avec nous.

**DEMOCRITE.**

Moy, que j'aille à la Cour ? Grands Dieux ! qu'irois-je
y faire ?
Mon esprit peu liant, mon humeur trop sincere,
Ma maniere d'agir, ma critique, & mes ris,
M'attireroient bien-tost un monde d'ennemis.

**AGELAS.**

Je seray votre appuy, quoy qu'on dise, ou qu'on fasse ;

Je vous demande encore une seconde grace ;
Et votre cœur, je croy, n'y resistera pas,
C'est que ce jeune objet accompagne vos pas.
Y repugneriez-vous ?

CRISEIS.

Je dépens de mon Pere,
Sans son consentement je ne sçaurois rien faire ;
Mais j'aurois grand plaisir de le suivre en des lieux
Où l'on dit que tout rit, que tout est somptueux,
Où les choses qu'on voit, sont pour moy si nouvelles,
Les hommes si bien-faits !

STRABON.

Les femmes si fidelles !

DEMOCRITE.

Que vous connoissez mal les lieux dont vous parlez !

CRISEIS.

Je les connoitray mieux, bien-tost, si vous voulez.
Vous avez sur mon Pere une entiere puissance,
Vous n'avez qu'à parler.

DEMOCRITE.

Vous vous mocquez, je pense ?
Examinez-moy bien ; ay-je, du bas en haut,
Pour estre Courtisan, la taille & l'air qu'il faut ?

CRISEIS.

J'attens de vos bontez cette faveur extrême,
Ne me refusez pas.

DEMOCRITE *à parr.*

Pourquoy faut-il que j'aime ?
Mais, Seigneur....

AGELAS

A mes vœux daignez tout accorder,
Songez qu'en vous priant, j'ay droit de commander.
e le veux.

DEMOCRITE.

Il suffit.

AGELAS.

La resistance est vaine ;
J'ay des gens, des chevaux, dans la route prochaine,

Pour se rendre en ces lieux, on va les avertir.
Toy, prens soin, Agenor, de les faire partir.
Je vous laisse. Sur tout, cette aimable personne.

### AGENOR.

Qu'à mes soins diligens votre cœur s'abandonne.

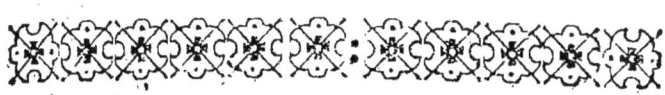

# SCENE VII.

## THALER, AGENOR, DEMO-CRITE, CRISEIS, STRABON.

### THALER.

MOrgué, je n'en puis plus, je vous cherche par-
tout,
J'ay couru la forest de l'un à l'autre bout,
Sans pouvoir ....

### STRABON.

Paix, tay-toy, va plier ton bagage;
Nous allons à la Cour, on t'a mis du voyage.

### THALER.

A la Cour?

### STRABON.

Ouy parbleu.

### THALER.

Tu te gausses de moy.

### STRABON.

Non, le Roy veut te voir, il a besoin de toy.

### THALER.

Pargué, j'iray fort bien sans repugnance aucune;
Pourquoy non? M'est avis que j'y feray fortune.

### AGENOR.

Ne perdons point de temps, suivons nostre projet.

**STRABON.**

Partons quand vous voudrez, mon paquet eſt tout fait.

**DEMOCRITE.**

Quel voyage, grands Dieux ! C'eſt à votre priere,
Que je fais une choſe à mon cœur ſi contraire.
Mais pour vous, Criſeis, que ne feroit-on pas ?
Que je ſens-là dedans de trouble & de combats !

**STRABON.**

Adieu foreſts, rochers, adieu, caverne obſcure,
Inſenſibles témoins de la faim que j'endure;
Adieu Tigres, Ours, Cerfs, Dains, Sangliers & Loups,
Si pour philoſopher je reviens parmy vous,
Je veux qu'une Panthere avec ſa dent gloutonne
Ne faſſe qu'un repas de toute ma perſonne.
Je ſuis votre valet; loin de ce triſte lieu,
Je vais boire & manger, bon jour, bon ſoir, adieu.

*Fin du Premier Acte.*

# ACTE II.

*Le Théâtre représente le Palais d'Agelas Roy d'Athenes.*

## SCENE PREMIERE.

### ISMENE, CLEANTHIS.

#### CLEANTHIS.

S I j'avois le secret de deviner la cause
Du chagrin qu'à mes yeux votre visa-
ge expose,
De cet ennuy soudain qui vous tient
sous ses loix,
Nous nous épargnerions deux peines à la fois,
Moy de le demander, & vous de me le dire ;
Mais puisque sans parler je ne puis m'en instruire,
Dites-moy, s'il vous plaist, depuis une heure ou deux,
Quel nuage a troublé l'éclat de vos beaux yeux ?
Quel sujet vous oblige à répandre des larmes ?
Le Roy plus que jamais est épris de vos charmes,
Il vous aime, & de plus, une suprême loy
L'oblige à vous donner & sa main & sa foy ;
Et quand même il romproit une si douce chaîne,
Agenor est un Prince assez digne d'Ismene :
Je sçay qu'il vous adore, & qu'il n'ose à vos yeux
Par respect pour le Roy faire éclater ses feux,

ISMENE.

Je veux bien avoüer qu'un manque de Couronne
Eſt l'unique deffaut qui ſoit en ſa perſonne,
Et qu'Agenor auroit tous les vœux de mon cœur,
S'il eſtoit un peu moins ſenſible à la grandeur.
Mais enfin, un chagrin que je ne puis comprendre,
Ma chere Cleanthis, eſt venu me ſurprendre.
Je le chaſſe, il revient, & je ne ſçay pourquoy
Ce jour plus qu'aucun autre, il cauſe mon effroy.

CLEANTHIS.

On ne peut vous ôter le ſceptre & la Couronne,
Et le rang glorieux que le deſtin vous donne :
Je vous l'apprens encor, ſi vous ne le ſçavez,
J'en ſuis un peu la cauſe, & vous me le devez.

ISMENE.

Comment ?

CLEANTHIS.

Ecoutez-moy. La Reine votre Mere
Abandonnant Argos, où mourut votre Pere,
Par un ſecond hymen épouſa le feu Roy
Qui regnoit en ces lieux, mais avec cette loy
Que, ſi d'aucun enfant il ne devenoit pere,
Du Trône Athenien vous ſeriez l'héritiere,
Et que ſon ſucceſſeur deviendroit votre Epoux.
La Reine eut une fille, & l'aimant moins que vous,
Elle trouva moyen de changer cette fille,
Et de mettre un enfant pris d'une autre famille,
De même âge à peu prés, mais moribond, malſain,
Et qui mourut auſſi, je croy, le lendemain.
Moy, j'allay cependant ſans tarder davantage,
Porter nourrir l'enfant dans un lointain village.
Un pauvre payſan que l'or ſçut engager,
De ce fardeau pour moy voulut bien ſe charger.
Je luy dis que l'enfant tenoit de moy naiſſance,
Qu'il devoit avec ſoin élever ſon enfance ;
Je luy cachay toûjours ſon nom & ſon pays,
Le Paſtre crut enfin tout ce que je luy dis.
Quinze ans ſe ſont paſſez depuis cette avanture,

Votre

Votre Mere a payé les droits à la nature,
Et depuis ce long temps aucun mortel, je crois,
N'a pû de cette fille avoir ny vent ny voix.

### ISMENE.

Je fçay depuis long-temps ce que tu viens de dire,
Ta bouche avoit déja pris foin de m'en inftruire,
Ce fouvenir encore augmente ma terreur,
Et vient juftifier le trouble de mon cœur.
N'as-tu point remarqué qu'au retour de la chaffe,
Le Roy réveur, diftrait, a paru tout de glace;
Ses regards inquiets m'ont dit fon embarras,
Il fembloit m'éviter & détourner fes pas.
Ah! Cleanthis! je crains que quelque amour nouvelle
Ne luy faffe . . .

### CLEANTHIS.

Ah! voilà l'ordinaire querelle.
C'eft une étrange chofe! Il faut que les Amans
Soient toûjours de leurs maux les premiers inftrumens.
Qu'un homme par hazard ait détourné la veuë
Sur quelque objet nouveau qui paffe dans la ruë,
Qu'il ait paru réveur, enjoüé, gay, chagrin,
Qu'il n'ait pas ry, pleuré, parlé, que fçay-je enfin?
Voilà la jaloufie auffi-toft en campagne,
D'une mouche on luy fait une groffe montagne;
C'eft un traître, un ingrat, c'eft un monftre odieux,
Et digne du courroux de la Terre & des Cieux.
Il faut aller plus doux dans le fiécle où nous fommes,
On doit par fois paffer quelque fredaine aux hommes,
Fermer fouvent les yeux; bien entendu pourtant,
Que tout cela fe fait à la charge d'autant.

### ISMENE.

Pour un cœur délicat qu'un tendre amour engage,
Un calme fi tranquile eft d'une pénible ufage,
Toûjours quelque foupçon renaift pour l'allarmer,
Ah! que tu connois mal ce que c'eft que d'aimer!

### CLEANTHIS.

Ouy! Je me fuis d'aimer par fois licentiée,
J'ay fait pis, dans Argos je me fuis mariée.

B

ISMENE.

Toy mariée ?

CLEANTHIS.

Ouy moy, mais à mon grand regret,
Autant que je le puis, je tiens le cas secret.
Avant que les destins, touchez de ma misere,
Eussent fixé mon sort auprés de votre mere,
J'avois fait ce beau coup ; mais à vous dire vray,
Ce Mariage-là n'estoit qu'un coup d'essay :
J'avois pris un mary brutal, jaloux, bizarre,
Gueux, joueur, débauché, capricieux, avare,
Comme ils sont presque tous. Je l'ay tant tourmenté,
Excedé, maltraité, rebuté, molesté,
Qu'enfin il m'a privé de sa veuë importune,
Le Diable l'a mené chercher ailleurs fortune.

ISMENE.

Est-il mort ?

CLEANTHIS.

Autant vaut. Depuis vingt ans & plus,
Qu'il a pris son party, nous ne nous sommes vûs ;
Et quand même en ces lieux il viendroit à paroître,
Nous nous verrions, je croy, tous deux sans nous
　　connoître ;
J'ay bien changé d'état ; & lorsqu'il s'en alla,
Je n'estois qu'un enfant haute comme cela.

ISMENE.

Ta belle humeur pourroit me sembler agréable,
Si de quelque plaisir mon cœur estoit capable.

CLEANTHIS.

Pour chasser le chagrin, Madame, où je vous voy,
Consentez, je vous prie, à venir avec moy
Pour voir un animal qu'en ces lieux on ameine,
Et que le Prince a pris dans la forest prochaine ;
Il tient à ce qu'on dit, & de l'homme & de l'Ours,
Il parle quelquefois, & rit presque toujours,
On appelle cela, je pense... un Democrite.

ISMENE.

Tu rends assurément peu d'honneur au merite.

L'animal dont tu fais un portrait non commun,
Est un grand Philosophe.

CLEANTHIS.

Hé, n'est-ce pas tout un?

ISMENE.

Tu peux aller le voir ; mais pour moy, je te prie,
Laisse-moy quelque temps toute à ma réverie,
J'en fais mon seul plaisir ; tout ce que tu m'as dit,
Et mes jaloux soupçons m'occupent trop l'esprit.

CLEANTHIS.

Quelqu'un s'avance icy. Je m'en vais vous conduire,
Et reviendray pour voir cet homme qu'on admire.

# SCENE II.

STRABON *en habit de Cour.*

QUand on a de l'esprit, ma foy, vive la Cour,
C'est là qu'il faut venir se montrer au grand jour,
Et c'est mon centre à moy : bon vin, bonne cuisine.
J'ay calmé les fureurs d'une guerre intestine ;
J'ay d'abord pris ma part de deux repas exquis,
Et me voila déja vêtu comme un Marquis.
Cela me sied bien. Mais, quelqu'un icy s'avance,
C'est Thaler, Justes Dieux ! quelle magnificence !

# SCENE III.

THALER *en habit de Cour par deſſus ſon habit de païſan*, STRABON.

### THALER.

OH dame, voyez-vous, tout frait, je n'aime pas
Qu'on ſe rie à mon nez, & qu'on ſuive mes pas;
Si quelqu'un vient encor ſe gauſſer davantage,
Je luy ſanglé d'abord mon poing par le viſage.

### STRABON.

D'où te vient, mon enfant, l'humeur où te voila ?

### THALER.

Morgué, je ne ſçay pas quelle graine c'eſt là.
Ils ſont un Regiment de diverſes figures,
Jaune, gris, vert, enfin de toutes les peintures,
Qui ſont tous aprés moy comme des poſſedez.
Palſangué, le premier...

### STRABON.

C'eſt qu'ils ſont enchantez
De voir un Gentil-homme avec ſi bonne mine,
Un port ſi gracieux, une taille ſi fine.

### THALER.

Me voila.

### STRABON.

Je te voy.

### THALER.

Je n'ay pas méchant air,
N'eſt-ce pas ?

### STRABON.

Je me donne au grand Diable d'Enfer,

Si Seigneur à la Cour, dans ses airs de conqueste,
Est-mieux paré que toy des pieds jusqu'à la teste.

### THALER.

Je suis, sans vanité, bien tourné, quand je veux,
Et j'ay, quand il me plaist, tout autant d'esprit qu'eux ;
Qui fait le bel oyseau, c'est, dit-on, le plumage ;
Notre fille est de même en fort bon équipage :
Allons, faut dire vray, je suis content du Roy,
Morguenne, il en agit rondement avec moy.
Ils m'ont bien fait dîner, c'est un plaisir extrême,
D'avoir grand appetit, & l'estomach de même,
Lorsque l'on peut tous deux les contenter, s'entent,
J'ay mangé comme quatre, & j'ay trinqué d'autant.

### STRABON.

Tu te trouves donc bien en cette hôtellerie ?

### THALER.

J'y serois volontiers tout le temps de ma vie.
L'état où je me voy me fait émerveiller ;
M'est avis que je réve, & crains de m'éveiller.

### STRABON.

Malgré tes beaux habits, ton air gauche & sauvage
Tient encor à mes yeux quelque peu du vilage ;
Plante-toy sur tes pieds, te voilà comme un sot,
L'on auroit plus d'honneur d'habiller un fagot.
Des airs dévelopez ? allons, fay-toy de feste,
Remuë un peu les bras, balance-toy la teste,
De la vivacité, dance, prens du tabac,
Ne tens pas tant le dos, renfonce l'estomac.

( Il luy donne un coup dans le dos & un autre dans
l'estomach. )

### THALER.

Oh morgué, bellement, comme vous estes rude !
J'ay l'estomach démis.

### STRABON.

Ce n'est là qu'un prélude.

### THALER.

Achevez donc tout seul.

B iij

STRABON.
Paix, Democrite vient,
Pren d'un jeune Seigneur la taille & le maintien.
THALER.
Non, morgué, je m'en vais ; auſſi bien je petille,
Mis comme me voilà, d'aller voir notre fille.

# SCENE IV.

DEMOCRITE *ſuivy d'un Intendant,
d'un Maiſtre d'hôtel, & de quatre grands Là-
quais*, STRABON.

### DEMOCRITE.

EN ces lieux, comme ailleurs, je voy de toutes parts
Mille plaiſans objets attirer mes regards :
Les Grands & les Petits, la Cour comme la Ville,
Pour rire à mon plaiſir tout m'offre un champ fertile ;
Et me voyant auſſi dans un riche Palais,
Entouré d'officiers, eſcorté de valets,
Tranſporté tout d'un coup de mon ſejour paiſible ;
Je me trouve moy-même un ſujet fort riſible.
Vous qui ſuivez mes pas, que voulez-vous de moy?
L'INTENDANT.
Je ſuis auprés de vous par l'ordre exprés du Roy ;
Il prétend, s'il vous plaiſt, m'accorder cette grace,
Que de votre Intendant je prenne icy la place,
Et je viens vous offrir mes ſoins & mon ſçavoir.
DÉMOCRITE.
Mais, je n'ay nulle affaire, & n'en veux point avoir.
L'INTENDANT.
C'eſt auſſi pour cela qu'Officier neceſſaire ,

Reglant votre maiſon, j'auray ſoin de tout faire ;
J'afferme, je reçois, je diſpoſe des fonds,
Des Valets…

### DEMOCRITE.

Ah ! tant mieux ; puiſque dans les maiſons
Vous avez ſur les gens un pouvoir deſpotique,
De grace, reformez tout ce vain domeſtique ;
Je ne ſçaurois ſouffrir toûjours à mes coſtez
Ces quatre grands Meſſieurs droits ſur leurs pieds
plantez.

### L'INTENDANT.

Il eſt de la grandeur d'avoir un gros cortege.

### DEMOCRITE.

Quoy ? ſi je veux touſſer, cracher, moucher, que
ſçay-je ?
Et le jour & la nuit faudra-t-il que quelqu'un
Tienne de tous mes faits un regiſtre importun ?

### L'INTENDANT.

Des gens de qualité c'eſt l'ordinaire uſage.

### DEMOCRITE.

Cet uſage à mon gré n'eſt ny prudent ny ſage.
Les hommes qui ſouvent font tout mal à propos,
Et qui devroient cacher leur foible & leurs deffauts,
Sont toûjours les premiers à montrer leurs beſtiſes,
Pour faire à tout moment, & dire des ſottiſes.
A quoy bon, s'il vous plaiſt, payer tant de témoins ?
Meſſieurs, laiſſez-moy ſeul, & trêve de vos ſoins.
Et vous, que vous plaiſt-il ?

### LE MAISTRE D'HOSTEL.

Le Prince à vous m'envoye,
Et pour Maiſtre d'hôtel il veut que je m'employe.

### STRABON.

Bon, voicy le meilleur.

### DEMOCRITE.

C'eſt, entre vous & moy,
Auprés d'un Philoſophe un fort chétif employ.

### LE MAISTRE D'HOSTEL.

J'eſpere avec honneur remplir mon miniſtere,

B iiij

Et vous n'auréz, je croy, nul reproche à me faire.

### DEMOCRITE.

J'en suis persuadé de reste.

### L'INTENDANT.

Ce n'est point
Parce que l'amitié l'un à l'autre nous joint,
Mais je répons de luy, c'est un tres-honneste homme,
Fidele, incorruptible, équitable, œconome.
( bas ) Ne vous y fiez pas, je vous en avertis.

### LE MAISTRE D'HOSTEL.

Quand je ne serois pas au rang de vos amis,
Je publirois par-tout que l'on ne trouve gueres
D'homme plus entendu que vous dans les affaires,
Plus desinteressé, plus actif, plus adroit.
( bas à Democrite ) Prenez-y garde au moins, il ne va
pas bien droit.

### L'INTENDANT.

Monsieur, en verité vous estes trop honneste;
On sçait votre bon goût pour conduire une feste,
Nul n'entend mieux que vous à donner un repas
En aussi peu de temps, sans bruit, sans embarras.
( bas à Democrite ) C'est un homme qui n'a l'ame ny la
main nette,
Et qui gagne moitié sur tout ce qu'il achepte.

### LE MAISTRE D'HOSTEL.

Tout le monde connoit votre esprit éclairé,
A gagner le procez le plus desesperé,
A nettoyer un bien, à liquider des dettes,
Que dans une maison un long desordre a faites.
( bas ) C'est un homme sans foy qui prend de toute
main,
Et ne fait pas un bail qu'il n'ait un pot de vin.

### DEMOCRITE.

Messieurs, je suis ravy qu'en vous rendant service,
Tous deux en même temps vous vous rendiez justice:
Allez, continuez, aimez-vous bien toûjours,
Et servez-vous ainsi le reste de vos jours;
Cette rare amitié, cette candeur sublime

Me fait naitre pour vous encore plu sd'eſtime ,
Adieu.

## SCENE V.

### DEMOCRITE, STRABON.

#### DEMOCRITE.

TU ne ris pas de ces deux bons amis ?
Tu peux juger, Strabon , des grands par les petits ;
De ces lâches flateurs qui hautement vous loüent,
Et dans l'occaſion tout bas ſe deſavoüent ;
De ces menteurs outrez, ces caracteres bas,
Qui diſent tout le bien & le mal qui n'eſt pas.
Des faux amis du temps reconnois les manieres :
Peut-eſtre ces deux là ſont-ils des plus ſinceres.
Mais changeons de propos , que dis-tu de la Cour ?

#### STRABON.

Toute ſorte de biens ; & vous à votre tour,
Parlez à cœur ouvert, qu'en dites-vous vous-même ?

#### DEMOCRITE.

Tu t'imagines bien que ma joye eſt extrême
D'y voir certaines gens tout fiers de leur maintien ,
Qui ne déparlent pas, & qui ne diſent rien ;
D'y rencontrer par-tout des viſages d'attente,
Qui n'ont que l'eſperance & les deſirs pour rente ;
D'autres dont les dehors affectez & pieux
S'efforcent de duper les hommes & les Dieux ;
Des complaiſans en charge, & payez pour ſoûrire
Aux ſottiſes qu'un autre eſt toûjours preſt à dire ;
Celuy-cy qui bouffy du rang de ſon ayeul
Se reſpecte ſoy-même, & s'admire tout ſeul :
Je te laiſſe à juger ſi de tant de matiere
J'ay pour rire à plaiſir une vaſte carriere.

B v

STRABON.

Je m'en raporte à vous.

DEMOCRITE.

Dans ce nouveau pays
Dis-moy, que dit, que fait, que pense Criseis ?

STRABON.

Si l'on en peut juger à l'air de son visage,
Elle se plaist icy bien mieux qu'en son Village,
Elle a pris, comme moy, d'abord les airs de Cour,
Elle veut déja plaire, & donner de l'amour.

DEMOCRITE.

Que dis-tu ?

STRABON.

Vous sçavez qu'en Princesse on la traite,
Je la voyois tantost devant une toilette,
D'une mouche assassine irriter ses attraits,
Elle donne déja le bon tour aux crochets,
Elle montre avec art, quoy que novice encore,
Une gorge timide, & qui voudroit éclore.
Agelas l'observoit d'un œil plein de desirs.

DEMOCRITE.

Agelas ?

STRABON.

Ouy, par fois il poussoit des soûpirs,
Et je suis fort trompé si le Roy pour la belle
Ne ressent de l'amour quelque vive étincelle.

DEMOCRITE.

Juste Ciel ! quoy déja . . .

STRABON.

L'on va viste en ces lieux,
Et l'air de ce pays est fort contagieux.

DEMOCRITE.

Et comment Criseis prend elle cet hommage ?
Semble-t'elle répondre à ce muet langage ?
Montre-t'elle l'entendre ?

STRABON.

Oh vrayment je le croy !
Elle l'entend déja mieux que vous & que moy.

Elle a de certains yeux , de certaines manieres ,
Des souris attrayants , des mines meurtrieres :
Oh ! vive la nature !

### DEMOCRITE.
En sçavoir déja tant !

### STRABON.
Si le Prince l'aimoit , le cas seroit plaisant.
Euh ?

### DEMOCRITE.
Ouy.

### STRABON.
Que diriez-vous qu'un Roy cherchant à plaire,
Comme un avanturier , donnast dans la Bergere ?

### DEMOCRITE.
J'en rirois tout à fait.

### STRABON.
Que nous serions heureux !
Notre fortune icy seroit faite à tous deux.
L'amour est , je l'avoüe , une belle manie ,
Les hommes sont bien foux , rions-en , je vous prie
Je les trouve à present presque aussi sots que vous.

### DEMOCRITE à part.
Il ne me manquoit plus que d'estre encot jaloux.
J'étoufe , & je sens là certain poids qui m'oppresse.

### STRABON.
D'où vous vient, s'il vous plaist,cette sombre tristesse
Du bien de Criseis n'estes-vous pas content ?
Pourquoy cet air chagrin , à vous qui riez tant?

### DEMOCRITE.
Ces feux pour Criseis me donnent quelque ombrage ,
Son éducation est mon heureux ouvrage ;
Elle est sous ma conduite arrivée en ces lieux ,
Et j'en dois prendre soin.

### STRABON.
On ne peut faire mieux.

### DEMOCRITE.
Agelas a grand tort d'employer sa puissance ,
A vouloir d'un enfant surprendre l'innocence.

B vj

DEMOCRITE,

Qui doit eſtre en ſa Cour en toute ſeureté.

STRABON.

C'eſt violer les droits de l'hoſpitalité.

DEMOCRITE.

Mais il faut empeſcher que cet amour n'augmente ;
Et pour mieux étoufer cette flame naiſſante ,
Je vais le conjurer de nous laiſſer partir.

STRABON.

Parlez pour vous , d'icy je ne veux point ſortir,
Je m'y trouve trop bien.

# SCENE VI.

## STRABON ſeul.

MA foy , le Philoſophe
D'un feu long & diſcret , dans ſon harnois s'échaufe,
Le pauvre Diable en a tout autant qu'il en faut ,
Et toute ſa morale a parbleu fait le ſaut.
Allons ſur ſes pas . . . Mais , quelle eſt cette égrillarde,
Qui d'un œil curieux me tourne & me regarde ?

# SCENE VII.

## CLEANTHIS, STRABON.

### CLEANTHIS.

VOila certes quelqu'un de ces nouveaux venus,
Et ces traits-là me ſont tout à fait inconnus.

## STRABON.

Mon port luy paroiſt noble, & ma mine aſſez bonne ;
La Princeſſe a, je croy, deſſein ſur ma perſonne :
Il ne faut point icy perdre le jugement,
Mais en homme d'eſprit tourner un compliment.
Madame, s'il eſt vray, ſelon nos axiômes,
Que tous corps icy-bas ſont compoſez d'atômes,
Chacun doit convenir, en voyant vos attraits,
Que le vôtre eſt formé d'atômes bien parfaits.
Ces organes ſubtils, d'où votre eſprit tranſpire,
Avant que vous parliez, font que je vous admire.

## CLEANTHIS.

A votre air étranger, on devine aiſément...

## STRABON.

A mon air étranger ? Parlez plus congrûment.
Je ſuis homme de Cour ; & pour la politeſſe,
J'en ay, ſans me vanter, de la plus fine eſpece.

## CLEANTHIS.

Un eſprit mépriſant ne m'a point fait parler,
Et tous nos Courtiſans voudroient vous reſſembler.

## STRABON.

Je le croy.

## CLEANTHIS.

Je voulois par vous-meſme m'inſtruire
Quel ſujet, quelle affaire à la Cour vous attire.

## STRABON.

C'eſt par l'ordre du Roy que j'y viens aujourd'huy.
Je ſuis, ſans me vanter, aſſez bien avec luy,
Le plaiſir de nous voir quelquefois nous r'aſſemble,
Et nous devons, je croy, ce ſoir ſouper enſemble.

## CLEANTHIS.

C'eſt un honneur qu'il fait à peu de Courtiſans.

## STRABON.

D'accord, mais il ſçait vivre, & connoiſt bien ſes gens,
Pour convive, je ſuis d'une aſſez bonne étofe,
Suivant de Democrite, & Garçon Philoſophe.

## CLEANTHIS.

On le voit, votre eſprit éclate dans vos yeux.

STRABON.

Madame...

CLEANTHIS.
Tout en vous est noble & gracieux.

STRABON.
Madame, à bout portant vous tirez la loüange.
Je veux estre un maraut, si mes sens, en échange,
Auprés de vos appas ne sont tout stupefaits.

CLEANTHIS.
Peu de cœurs devant vous ont conservé leur paix.

STRABON.
Ah, Madame! il est vray qu'on est fait d'un modelle
A ne pas attaquer vainement une Belle;
On sçait de son esprit se servir à propos,
Se plaindre, se broüiller, écrire quatre mots,
Revenir, s'appaiser, se remettre en colere,
Faire bien le jaloux, & vouloir se défaire;
Commander à ses pleurs de sortir au besoin,
Estre un jour sans manger, bouder seul en un coin,
Redoubler quelquefois de tendresses nouvelles.
Lors que l'on sçait joüer ce rôlle auprés des Belles,
On est bien malheureux, & bien disgracié,
Quand on manque à la fin d'en tirer aisle ou pié.

CLEANTHIS.
La nature en naissant vous fit l'ame sensible.

STRABON.
Le soufre preparé n'est pas plus combustible.

CLEANTHIS.
Ainsi donc, votre cœur s'est souvent enflamé?
Vous aimiez autrefois?

STRABON.
Non, mais j'estois aimé.
Je me suis signalé par plus d'une victoire:
Mais si de vous aimer vous m'accordiez la gloire,
Vous verriez tout mon cœur, par des soins éternels,
Faire fumer l'encens au pied de vos autels.

CLEANTHIS.
Mon bonheur seroit pur, & ma gloire trop grande;

De recevoir icy vos vœux & votre offrande :
Mais certaine raison qui murmure en mon cœur,
M'empefche de répondre à toute votre ardeur.

### STRABON.

A mes defirs auffi j'en ay quelqu'un contraire :
Mais où parle l'amour, la raifon doit fe taire.

### CLEANTHIS à part.

Si mon traître d'époux par bonheur eftoit mort !

### STRABON à part.

Si ma méchante femme avoit finy fon fort !

### CLEANTHIS à part.

Que je me ferois fait un bonheur de luy plaire !

### STRABON à part.

Que nous aurions bien-toft terminé notre affaire !

### CLEANTHIS.

Votre abord eft fi tendre & fi perfuafif...

### STRABON.

Vous avez un afpect tellement attractif...

### CLEANTHIS.

Que d'un charme puiffant on fe fent ravir l'ame.

### STRABON.

Qu'en vous voyant paroiftre auffi-toft on fe pâme.

### CLEANTHIS.

Je fens que ma vertu combat mal avec vous,
Il faut nous feparer. Ah Ciel ! fi mon époux
Avoit efté formé fur un pareil modele,
Qu'il m'eût donné d'amour !

### STRABON.

Adieu, charmante belle ;
Auprés de vos appas je deffens mal mon cœur.
Ah Ciel ! fi j'avois eû femme de cette humeur,
Quelles felicitez ! & qu'en fa compagnie
J'aurois avec plaifir paffé toute ma vie !

## SCENE VIII.

### STRABON *seul.*

CEla ne va pas mal. J'arrive dans la Cour,
Une Belle me voit, je suis requis d'amour.
Courage, mon garçon, continüe; encore une,
Et te voila passé Maistre en bonne fortune.

*Fin du second Acte.*

# ACTE III.

## SCENE PREMIERE.

### AGELAS, AGENOR, Suite.

#### AGENOR.

 RISEIS par votre ordre en ces lieux va
se rendre,
Et vous pouvez bien-toft & la voir & l'en-
tendre.
Mais fi je puis, Seigneur, avec vous m'exprimer,
Votre cœur me paroift bien prompt à s'enflâmer,

#### AGELAS.

Je ne te cache rien de l'état de mon ame.
Tu vis naître tantoft cette nouvelle flâme,
Sois témoin du progrés : mes feux font parvenus,
En moins d'un jour, au point de ne s'accroître plus.
J'adore Crifeis ; à chaque inftant en elle
Je découvre, je voy quelque grace nouvelle.
Ne remarques tu point, comme moy, fes beautez ?
Ses airs dans cette Cour ne font point empruntez,
Son efprit fe fait voir, mefme dans fon filence,
Elle n'a rien des bois que la feule naiffance.

#### AGENOR.

De ces feux violents quelle fera la fin ?

AGELAS.

Je ne sçay.

AGENOR.

Mais, Seigneur, quel est votre dessein ?

AGELAS.

D'aimer.

AGENOR.

Quel sera donc le sort de la Princesse ?
Athenes, par un choix où chacun s'interesse,
Vous a fait Souverain, sans aucune autre loy
Que d'épouser Ismene alliée au feu Roy.

AGELAS.

Mon cœur jusqu'à ce jour, sans nu'le repugnance,
Suivoit de cette loy la douce violence ;
Ce cœur mesme en secret souvent s'aplaudissoit
De la necessité que le sort m'imposoit :
Mais depuis le moment qu'une jeune Bergere
M'a charmé sans avoir nul dessein de me plaire,
Mon penchant pour Ismene aussi-tost m'a quitté,
Je me sens entraîner tout d'un autre costé.

AGENOR à part.

Ciel, qui sçais mon amour ! fais si bien, qu'en son ame
Puisse à jamais regner cette nouvelle flâme.
Ce n'est pas d'aujourd'huy que les champs & les bois
Ont produit des objets dignes des plus grands Rois ;
Et le sort prend plaisir, d'une chaîne secrette
D'allier quelquefois le sceptre & la houlette.

AGELAS.

Cette inégalité, ce deffaut de grandeur,
Pour Criseis encore irrite mon ardeur.

AGENOR.

Je ne sçay ce qu'annonce une telle avanture ;
Mais un des miens m'a dit, qu'en changeant de parure,
Ce Paysan, de joye ou de vin transporté,
A laissé dans l'habit qu'il avoit apporté,
Un bracelet d'un prix qui passe sa puissance.
On doit me l'apporter.  Mais Criseis s'avance.

# SCENE II.

## CRISEIS, THALER, AGELAS, AGENOR..

### THALER.

JE fuis trop en chagrin , je vais luy dire moy ,
Arrive qui pourra , n'importe ; je le voy.
Je m'en vais palfangué luy debrider ma chance.
Sire , excufez l'affront de notre importunance.

### AGELAS.

Qu'avez-vous donc ?

### THALER.

J'avons; mais c'eft trop de faveur,

Sire , mettez deffus.

### AGELAS.

Parlez.

### THALER.

C'eft votre honneur.

### AGELAS.

Pourfuivez. Quel fujet ?

### THALER.

Je ne veux point pourfuivre ,
Si vous n'eftes couvert ; je fçavons un peu vivre.

### AGELAS.

Je fuis en cet état pour ma commodité.

### THALER.

Ah ! vous pouvez vous mettre à votre liberté ,
Et je ne fommes pas dignes de contredire.
Icy j'ons plus d'honneur que je ne fçaurois dire ,
Je fons nourris , vêtus , mieux qu'à nous n'appartien :
Mais on nous fait un tour qui tout franc ne vaut rien.

C'eſt pis qu'un bois ; vos gens n'ont point de con-
ſcience :
J'ay dans mon autre habit laiſſé par oubliance…
Avec tout mon eſprit , morgué , je ſuis un ſot.

### AGELAS.

Quoy donc ?

### THALER.

Ils m'avont fait bian payer mon écot.

### AGELAS.

Qui ?

### THALER.

Vos Valets de chambre. Ah ! la maudite engeance !
En me des-habillant en toute diligence ,
L'un un pied , l'autre un bras , ils ont eu bien-toſt fait ;
Ils m'ont pris un bijou morgué dans mon gouſſet ;
Il eſt de votre honneur de les faire tous pendre.

### AGELAS.

Ne vous allarmez point , je vous le feray rendre ;
Je veux que l'on le trouve , & je vous en répons.

### THALER.

Tous les honneſtes gens d'icy ſont des fripons.
Je ſçay pourtant fort bien que ce n'eſt pas vous , Sire,
Je vous crois honneſte homme , & je ſçay bien qu'en
dire :
Mais tout chacun icy ne vous reſſemble pas.

### AGELAS.

Que l'on aille avec luy le chercher de ce pas,
Et qu'icy les plaiſirs , les jeux , la bonne chere
Suivent ces étrangers qu'Agelas conſidere.

### THALER.

Ah ! vous eſtes , Seigneur , par trop conſiderant.
Mais, parlant par reſpect, l'honneur que l'on me rend
Me confond ; car tout franc, ſans tant de préambule …
( à Chriſeis ) Palſangué , te voila comme une ridicule.
Que ne répons-tu toy ? Je m'embroüille toujours,
Lorſque d'un compliment j'entreprens le diſcours.

### AGELAS.

Allez , & n'ayez point de chagrin davantage.

THALER.
Que je ſuis malheureux ! j'ay fait un beau voyage !

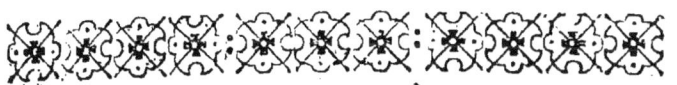

# SCENE III.

## AGELAS, CRISEIS, AGENOR,

### AGELAS.

JE ne ſçay, Criſeis, ſi l'éclat de ces lieux
    Avec quelque plaiſir peut arreſter vos yeux ;
Je ne ſçay ſi la Cour vous plaiſt, vous dédommage
De la tranquilité que l'on goûte au vilage :
Mais je voudrois qu'icy vous puſliez recevoir
Tout autant de plaiſir que j'ay de vous y voir.

### CRISEIS.

Seigneur, de vos bontez qu'on aura peine à croire,
Le ſouvenir toujours vivra dans ma mémoire ;
Et j'aurois mauvais goût, ſi ſortant des forêts,
Je ne me plaiſois pas en des lieux pleins d'attraits,
Où chacun du plaiſir fait ſon unique affaire,
Où les Dames ſur-tout ne s'occupent qu'à plaire,
Font briller leur eſprit, ont un air ſi charmant,
Et font de leur beauté tout leur amuſement.

### AGELAS.

Parmy les Courtiſans, dont la foule épanduë
Brille dans cette Cour, & s'offre à votre veuë,
Ne s'en trouve-t-il point quelqu'un aſſez heureux
Pour pouvoir s'attirer un regard de vos yeux ?
Pourriez-vous les voir tous avec indifference ?

### CRISEIS.

On dit qu'il ne faut point qu'avec trop de licence
Une fille s'arreſte à voir de tels objets,

Et dife de fon cœur les fentimens fecrets.
Il en eft un pourtant, fi j'ofe icy le dire,
Qui d'un charme flateur que fa prefence infpire,
Se diftingue aifément, & qui de toutes parts
S'attire fans effort les cœurs & les regards.

AGELAS.

Vous prenez du plaifir en le voyant paroiftre ?

CRISEIS.

Oh, beaucoup. A fon air, on voit qu'il eft le maiftre.
Les autres, devant luy, timides & défaits,
Ne paroiffent plus rien, & deviennent fi laids,
Qu'on ne regarde plus tout ce qui l'environne.

AGELAS.

Aimeriez-vous un peu cette heureufe perfonne ?

CRISEIS.

Je ne fçay point, Seigneur, ce que c'eft d'aimer.

AGELAS.

Aucun objet encor n'a pû vous enflâmer ?

CRISEIS.

Non; l'on eft, dans les bois, d'une froideur extrême.

AGELAS.

Si cet heureux mortel vous difoit qu'il vous aime?

CRISEIS.

Qu'il m'aime, moy, Seigneur ! Je me garderois bien,
S'il me parloit ainfi, d'en croire jamais rien.

# SCENE IV.

## DEMOCRITE, AGELAS, CRISEIS, AGENOR, STRABON.

### AGELAS.

Avec bien du plaisir je vous vois à ma Cour.
Comment vous trouvez-vous de ce nouveau sejour ?

### DEMOCRITE.

Fort mal.

### AGELAS.

J'ay commandé, par un ordre suprême,
Qu'on vous y respectast à l'égal de moy-même.

### DEMOCRITE.

Cela n'empêche pas, qu'avec tout votre soin,
Seigneur, je ne voulusse estre déja bien loin.
On me croit en ces lieux placé hors de ma sphere,
Un animal venu d'une terre étrangere :
Chacun ouvre les yeux, & me prend pour un Ours,
Je ne suis point taillé pour habiter les Cours.
Que diroit-on de voir un homme de mon âge,
Des airs d'un Courtisan faire l'aprentissage ?
Non, Seigneur, à tel point je ne puis m'oublier,
Ny jusqu'à tel excés descendre, & me plier.
Ainsi, pour faire bien, permettez que sur l'heure
Nous allions tous revoir notre ancienne demeure.
Strabon, Criseis, moy, nous vous en prions tous,

### STRABON.

Alte-là, s'il vous plaist, ne parlez que pour vous.
En ce lieu plus qu'ailleurs, je suis moy dans ma sphere,

AGELAS.

Si Criseis le veut, je confens à tout faire.
Parlez, expliquez-vous.

CRISEIS.

Seigneur, l'obfcurité
Conviendroit beaucoup mieux à ma fimplicité :
Mais s'il faut devant vous dire ce que l'on penfe,
Ce beau lieu me retient fans nulle violence ;
Et s'il m'eftoit permis de me faire un fejour,
Je n'en choifirois point d'autres que votre Cour.

STRABON.

Quel heureux naturel ! Le charmant caractere !
Je ne répondrois pas mieux qu'elle vient de faire.

DEMOCRITE.

C'eft fort bien fait. La Cour a pour vous des appas ?
Quoy ? vous pouriez vous plaire en un lieu de fracas,
Où l'envie a choifi fa demeure ordinaire,
Où l'on ne fait jamais ce que l'on voudroit faire :
Où l'humeur fe contraint, où le cœur fo dément,
Où tout le fçavoir-faire eft un raffinement ;
Où les grands, les petits font, d'une ardeur commune,
Attelez jour & nuit au char de la fortune ?

AGELAS.

La Cour qu'en ce tableau vous nous reprefentez,
Vous ne la prenez pas par fes plus beaux coftez.

STRABON.

Hé non, non.

AGELAS.

Quelque aigreur que cette Cour vous laiffe,
Convenez que toujours l'efprit, la politeffe,
Le bon air naturel, & le goût délicat,
Plus qu'en nul autre endroit y font dans leur éclat.

STRABON.

Sans doute.

AGELAS.

Que le fexe y tient un doux empire ;
Qu'on rend à la beauté les refpects qu'elle attire,
Et que deux yeux charmants, tels qu'à prefent j'en vois ;
Peuvent

Peuvent pretendre icy les honneurs dûs aux Rois.
Mais une autre raison que prés de vous j'employe,
Et qui vous comblera d'une parfaite joye,
Doit malgré vos dégoûts vous fixer à la Cour.

DEMOCRITE.

Et quelle est, s'il vous plaist, cette raison?

AGELAS.

L'amour.

DEMOCRITE.

L'amour? De passions me croyez-vous capable?

AGELAS.

Me preserve le Ciel d'un jugement semblable!

DEMOCRITE.

Democrite est-il homme à se laisser toucher?
( à part ) Je ne le suis que trop, j'ay peine à me cacher.

AGELAS.

Libre de passions, degagé de foiblesse,
Votre cœur, je le sçay, se ferme à la tendresse;
Chacun ne parvient pas à cet état heureux :
C'est de moy dont je parle, & je suis amoureux.

DEMOCRITE.

Vous estes amoureux?

AGELAS.

Ouy.

DEMOCRITE.

Mais dans cette affaire
Ma presence, je croy, n'est pas trop necessaire.
Absent comme present, vous pouvez à loisir
Suivre les mouvemens de ce tendre desir.

AGELAS.

J'adore Criseis, puisqu'il faut vous le dire.

STRABON.

Ah, ah! nous y voila!

DEMOCRITE.

Bon, bon! vous voulez rire.
Un grand Roy comme vous, au milieu de sa Cour,
Voudroit-il s'abaisser à cet excés d'amour?

C

# DEMOCRITE,

Que diroit, s'il vous plaiſt, tout votre Areopage?

### AGELAS.

Pour me déterminer, j'attens peu ſon ſuffrage.
Ouy, belle Criſeis, je ſens pour vous un feu,
Dont je fais avec joye un éclatant aveu:
Mais un cœur bien épris veut eſtre aimé de même.
Vous ne répondez rien.

### CRISEIS.

    Ma ſurpriſe eſt extrême,
D'entendre cet aveu de la bouche d'un Roy;
Mon ſilence, Seigneur, répond aſſez pour moy.

### AGELAS.

Ce ſilence douteux, à trop de maux m'expoſe.
Vous qui voyez le rang que l'amour luy propoſe,
Secondez mes deſirs, parlez en ma faveur.

### DEMOCRITE.

Moy, Seigneur?

### AGELAS.

    Ouy, je veux de vous tenir ſon cœur.
Vos conſeils ont ſur elle une entiere puiſſance;
Vantez-luy mon amour bien plus que ma naiſſance.

### DEMOCRITE.

Par grace! de ce ſoin, Seigneur, diſpenſez-moy,
Je n'ay point les talens propres à cet employ.
Je ſuis un foible Agent auprés d'une Maitreſſe,
J'ignore le grand art qui ſurprend la tendreſſe;
Votre amour, où vos ſoins veulent m'intereſſer,
Reculeroit, Seigneur, plutoſt que d'avancer.

### AGELAS.

Non, j'attens tout de vous, je connois votre zele;
Un ſoin m'apelle ailleurs, je vous laiſſe avec elle.
Puis-je, pour couronner mes amoureux deſſeins,
Mettre mes intereſts en de meilleures mains?
Je vous quitte.

### STRABON.

   Voila, je vous le certifie,
Un fâcheux argument pour la philoſophie.

# SCENE V.

## DEMOCRITE, CRISEIS, STRABON.

### DEMOCRITE.

LE Roy me charge icy d'un fort honneste employ ;
Et je n'attendois pas l'honneur que je reçoy.
Il vient de m'ordonner de disposer votre ame,
Et la rendre sensible à sa nouvelle flâme.
La charge est vrayment belle ; & pour un tel dessein,
Il ne me faudroit plus qu'un Caducée en main.
Quels sont vos sentimens ? que pretendez-vous faire ?

### CRISEIS.

C'est de vous que j'attens un avis salutaire.
Que me conseillez-vous de faire en cas pareil ?
Car je pretens toujours suivre votre conseil.

### DEMOCRITE.

Ce que je vous conseille ?

### CRISEIS.
Ouy.

### DEMOCRITE.
Je ne sçay que dire.
Suivez les mouvemens que le cœur vous inspire.

### CRISEIS.

Ah ! que j'ay de plaisir que cet avis flateur
Se raporte si bien au penchant de mon cœur !
J'estois, je vous l'avouë, en une peine extrême,
Et n'osois tout-à-fait me fier à moy-même.
Je sentois pour le Prince un mouvement secret,
Et je ne sçavois pas si c'est bien ou mal fait.
Maintenant que je vois le party qu'il faut prendre,
Je puis, par votre avis, suivre un penchant si tendre.

C ij

DEMOCRITE.

Pour luy vous sentez donc cet appetit secret ?
( bas ) J'ay bien peur d'estre icy curieux indiscret.

CRISEIS.

Quand le Prince tantost s'est offert à ma veuë,
J'ay senty dans mon cœur une flâme inconnuë.
Tout ce qu'il me disoit me donnoit du plaisir ;
Ma bouche a laissé même échaper un soupir.
En cessant de le voir , une tristesse affreuse
Tout d'un coup m'a renduë inquiete & rêveuse ;
A son air , à ses traits , j'ay pensé tout le jour :
Je l'aime , si c'est là ce qu'on apelle amour.

STRABON.

Ouy , voilà ce que c'est.  Peste ! quelle ignorante !
Vous estes devenuë en un jour bien sçavante,
Vous n'aviez pas besoin tantost de nos leçons ;
Ny nous , de nous étendre en définitions.

DEMOCRITE.

Enfin donc vous aimez ?

CRISEIS.

Moy ?

DEMOCRITE.

Voilà , je vous jure,
Les simptomes d'amour que cause la nature.

CRISEIS.

Quoy , ç'est là ce qu'on nomme amour ?

DEMOCRITE.

Et vrayment , ouy.

CRISEIS.

Si j'aime ; en verité , ce n'est que d'aujourd'huy.

DEMOCRITE.

Vous m'aviez tant promis qu'aucun homme en votre
     ame
N'exciteroit jamais une amoureuse flâme.

CRISEIS.

Je n'en connoissois point ; & je les croyois tous,
Tels que vous les disiez , & formez comme vous,

## STRABON.

Cette sincerité devroit vous rendre sage.

## DEMOCRITE.

Je sens qu'elle a raison, & cependant j'enrage.
J'ay tort de m'emporter, reprenons desormais
L'esprit qui nous convient, rions sur nouveaux frais.
Les hommes en effet ont bien peu de prudence,
Sont bien vuides de sens, bien pleins d'extravagance,
De se laisser mener par de tels animaux,
Connoissant, comme ils font, leur foible & leurs défauts.
Il n'en est presque point, qui vingt fois en sa vie
N'ait senty les effets de quelque perfidie :
Cependant on les voit, de nouveaux feux épris,
Redonner dans le piege où l'on les a vûs pris.
A grand' peine échapez de leurs derniers naufrages,
Ils vont tout de nouveau défier les orages.
Continuez, Messieurs, soyez encor plus fous,
Justifiez toujours mes ris & mes degoûts.
Ces ris dans l'avenir porteront témoignage,
Que je n'ay point esté la dupe de mon âge,
Et que je comprens bien que tout homme en un mot
Est, sans m'en excepter, l'animal le plus sot.

## CRISEIS.

J'aime à voir que malgré votre austere caprice,
Comme aux autres humains vous vous rendiez justice.
Je vais trouver le Prince, & luy dire l'ardeur
Dont vous avez voulu parler en sa faveur.

## SCENE VI.

### DEMOCRITE, STRABON.

#### STRABON.

VOus ne riez plus tant ; quel chagrin vous tour-
    mente ?
La chofe me paroift cependant fort plaifante.
La pefte ! quel enfant ! Pour moy, je fuis furpris
Comme aux filles l'efprit vient vifte en ce Pays.
#### DEMOCRITE.
Commerce humain, pour moy plus mortel que la
    pefte,
Ce n'eft pas fans raifon que mon cœur te detefte.

## SCENE VII.

### DEMOCRITE, STRABON, LE MAISTRE D'HOSTEL.

#### LE MAISTRE D'HOSTEL.

MEffieurs, fervira-t-on ? Le dîner eft tout preft.
#### STRABON.
Ouy, qu'on mette à l'inftant fur table, s'il vous plaift,
Allez vifte, Ecoutez. Ferons-nous bonne chere ?

LE MAISTRE D'HOSTEL.

Vingt cuifiniers ont fait de leur mieux pour vous plaire.

DEMOCRITE.

Vingt cuifiniers ?

LE MAISTRE D'HOSTEL.

Autant.

DEMOCRITE

Mais c'eft bien peu vrayment?

LE MAISTRE D'HOSTEL.

Ils ont mis de leur Art tout le rafinement.

DEMOCRITE

Qui ne riroit, de voir qu'avec un foin extrême,
L'homme ait inventé l'art de fe tuer luy-même !
A force de ragoûts, & de mets fucculens,
Il creufe fon tombeau fans cefle avec fes dents.
Il fçait le peu de jours qu'il a des deftinées,
Et tâche autant qu'il peut, d'abreger fes années.
Vous eftes dans votre Art tous de francs Aflaffins,
Produits par les Enfers, payez des Medecins;
Et fi l'on agiffoit en bonne Politique,
On vous banniroit tous de chaque Republique.

STRABON.

Il faut le laiffer dire, aller toûjours fon train,
Et fi vous le pouvez, faire encor mieux demain.

*Fin du troifiéme Aĉte.*

C iiij

# ACTE IV.

## SCENE PREMIERE.

### THALER, CRISEIS.

#### THALER.

E N jafe qui voudra, j'ay fait en homme
    fage ?
De quitter bravement les Bois & le Vil-
    lage.
On a morgué raifon, & c'eft bien mon
    avis,
Un homme ne fait point fortune en fon Païs ;
Il n'y fera qu'un fot tout le temps de fa vie ;
Il a biau fe fentir du talent, du genie,
Eftre bianfait, avoir le difcours bien pendu ;
Bon ! c'eft, comme dit l'autre, autant de bien perdu.

#### CRISEIS.

Vous avez le goût bon, je vous en felicite.

#### THALER.

Icy du premier coup on connoift le merite ;
D'auffi loin qu'on me voit on m'ofte fon chapeau.

#### CRISEIS.

Vous vous trouvez donc bien de ce fejour nouveau?

#### THALER.

Si je ne m'y trouve biau ! Je ris, je me goberge.

Que je fommes écheus dans une bonne Auberge !
Notre bijou s'en va nous eftre rapporté ,
Notre hofte eft bon vivant , difons la verité.

### CRISEIS.

Vous ne devriez pas tenir un tel langage ;
Ces termes-là , mon Pere , eftoient bons au Village,
Si l'on vous entendoit parler ainfi du Roy ,
On pourroit fe mocquer & de vous & de moy.

### THALER.

Dame, je fis fâché que mon difcours vous choque ;
Chacun parle à fa guife , & qui voudra s'en moque.
J'ay pourtant , m'eft avis, plus d'efprit que vous tous.

### CRISEIS.

Excufez fi je prens cet air libre avec vous.

### THALER.

Tu prétens donc apprendre à parler à ton Pere ?

### CRISEIS.

Je ne dis pas cela pour vous mettre en colere.

### THALER.

Morgué, cela m'y met ; écoute, vois-tu bien ;
Dame, on eft pas un fot , quoy qu'on ne fçache rien.
Parce que te voila debout en bout dorée ,
Ne vas pas envers moy faire la mijaurée.

### CRISEIS.

Je fçay trop ...

### THALER.

Je prétens qu'on me refpecte, moy ?

### CRISEIS.

Je ne manqueray point à ce que je vous doy.

### THALER.

C'eft bien fait ; quand je parle, il faut que l'on m'é-
coute.

### CRISEIS.

D'accord ?

### THALER.

Qu'on m'efteme ?

### CRISEIS.

Ouy.

C v

THALER.

Me révere.

CRISEIS.

Sans doute.

THALER.

Or donc , pour ratraper le fil de mon difcours,
Que c'eft un bel employ que de hanter les Cours !
Tous ces grands Monfieux-là font des gens bien ho-
neftes.

CRISEIS.

Democrite n'eft pas fi charmé que vous l'eftes,
Il voudroit bien déja fe voir loin de ces lieux.

THALER.

Pourquoy donc , s'il vous plaift ?

CRISEIS.

Tout y bleffe fes yeux.
Son cœur n'eft pas content , quelque foin l'embaraffe ;
Il dit qu'en ce Pays ce n'eft rien que grimace ;
Que les hommes y font cachez & dangereux,
Et les femmes encor bien plus à craindre qu'eux ;
Que ce n'eft que par art qu'elles paroiffent belles ;
Que leur cœur . . .

THALER.

Ne vas pas te gafter avec elles,
Ny pour quelque Monfieu te prendre icy d'amour.
Elles peuvent tout faire , elles font de la Cour
Ces Madames-là. Mais , j'apperçoy Democrite.

## SCENE II.

### DEMOCRITE, CRISEIS, THALER.

#### DEMOCRITE.

AH! te voila, Thaler! Ta mine héteroclite
Me rejoüit l'esprit. Serviteur, Criseis.
Dans ce riche attirail, sous ces pompeux habits,
Dirois-tu que c'est là ta fille ?

#### THALER.

En ces matieres
Tous les plus clair-voyans, ma foy, n'y voyont gueres.

#### DEMOCRITE.

Cela luy sied fort bien, & cet air dédaigneux
Qu'elle a prise à la Cour, luy sied encore mieux.

#### THALER.

Je m'en suis apperçû déja.

#### CRISEIS.

Je suis bien-aise
Que mon air tel qu'il soit, vous contente, & vous plai-
se.

#### DEMOCRITE.

A de plus hauts desseins vous aspirez icy,
Et me plaire n'est pas votre plus grand soucy.

#### THALER

Morguenne, elle aur oit tort. J'entens, je veux, j'or-
donne
Qu'elle vous y respecte autant que ma personne.
Je suis maistre . . . une fois.

#### CRISEIS.

Je vois avec plaisir
Vos ordres s'accorder à mon juste desir ;
J'obéis de grand cœur : j'auray toute ma vie

C vj

Un tres-profond respect pour la philosophie.
Pour d'autres sentimens, je puis m'en dispenser,
Sans blesser mon devoir, ny sans vous offenser.

# SCENE III.

## DEMOCRITE, THALER.

### THALER.

QUelle mouche la picque? à qui diable en a t-elle
Alle a, comme cela, des vapeurs de cervelle.
Je ne sçay, mais depuis qu'elle est en ce païs
Elle fait peu de cas de ce que je luy dis.

### DEMOCRITE.

Un soin plus important à present la tourmente.
Auroit on jamais crû que cette jeune plante,
Que j'avois pris plaisir d'élever de mes mains,
Eût trompé mon espoir, & trahi mes desseins?
Agelas s'est épris, en la voyant paroître,
Du feu le plus ardent ...

### THALER.

Morgué, le tour est traître.

### DEMOCRITE.

La pompe de la Cour, & son éclat flateur,
A de ses faux brillans seduit son jeune cœur.
De son malheur prochain nous sommes les complices,
Nous l'avons amenée au bord des précipices:
Car, sans t'en dire plus, tu t'imagines bien
Le but de cet amour.

### THALER.

Ouy, cela ne vaut rien.

### DEMOCRITE.

Il faut abandonner la Cour tout au plus viste.

THALER.

Abandonner la Cour?

DEMOCRITE.

Ouy.

THALER.

C'eft un fi bon gifte !

Je m'y trouve fi bien !

DEMOCRITE.

Il n'importe, il le faut,
Tu dois tirer d'icy Crifeis au plûtoft ;
C'eft à toy que le Roy fait la plus grande offence.

THALER.

Je le voy bien ; pour faire icy fa manigance,
Morgué, le Prince a tort de s'adreffer à moy ,
Il s'imagene donc, que parce qu'il eft Roy .. ▪
Suffit , je ne dis mot.

DEMOCRITE.

Il y va de ta gloire.

THALER.

C'eft morgué pour cela qu'ils m'avont tant fait boire.
Mais ils n'en croqueront , ma foy , que d'une dent ▪
Je vais faire beau bruit , ferviteur cependaut.

# SCENE IV.

## DEMOCRITE *feul.*

Dieux ; que fais-je ; où m'emporte une indigne ten-
dreffe ?
Suis-je donc Democrite ? & quelle eft ma foibleffe ?
Pendant que je fuis feul , laiffons agir mon cœur ,
Et tirons le rideau qui cache mon ardeur.
Depuis affez long-temps mon rire fatyrique
Sur les autres répand une bile cinique ;

Je veux, sans nuls témoins, rire à present de moy,
Il ne faut point ailleurs aller chercher de quoy.
J'aime… C'est bien à toy, Philosophe rigide,
De sentir l'aiguillon d'une flâme perfide !
Et quel est cet objet qui t'apprend l'art d'aimer ?
Un enfant de quinze ans ; tu prétens la charmer,
Adonis suranné. Mais un pouvoir suprême
Me commande, m'entraîne en dépit de moy-même.
Ah ! c'est où je t'attens, le plus lâche des cœurs,
Il te faut des chemins tout parsemez de fleurs ;
Tu ne sçaurois saisir ces haines rigoureuses,
Que sentent pour l'amour les ames genereuses ;
Tu ne peux gourmander un penchant trop fatal,
Homme pusillanime, imbecille, brutal.
Ce n'est pas encor tout, vois où va ta folie,
Toy qui veux te targuer de la philosophie ;
Tu conduis Criseis, en quels lieux ? A la Cour.
Ah ! qu'ensemble on voit peu la prudence & l'amour !
Mais on vient, finissons un discours si fantasque ;
Pour sauver notre honneur, remettons notre masque.

# SCENE V.

## CLEANTHIS, DEMOCRITE

### CLEANTHIS.

ON voit assez, à l'air dont il est habillé,
Que c'est l'original dont on nous a parlé.
Vous qui dans les forests avez passé la vie,
Uniquement torché de la philosophie ;
Quel noir demon vous pousse à causer notre ennuy,
Et que venez-vous faire à la Cour aujourd'huy !

## DEMOCRITE.

Je n'en sçay vrayment rien ; ce que je puis vous dire ,
C'est qu'icy malgré moy le Roy m'a fait conduire ,
M'a voulu transplanter , & me fairé en un jour ,
De Philosophe actif , un Oisif de la Cour.

## CLEANTHIS.

Sçavez-vous bien qu'icy votre face équivoque ,
Et rare en son espece , étrangement nous choque ?

## DEMOCRITE.

Je le croy ; sur ce point j'ay peu de vanité ,
Et mon dessein n'est point de plaire , en verité.

## CLEANTHIS.

Vous auriez tort ; il n'est , je veux bien vous le dire ,
Prince ny galopin que vous ne fassiez rire.

## DEMOCRITE.

Pourquoy non ? C'est un droit qu'on acquiert en naissant ,
Et rire l'un de l'autre est fort divertissant.

## CLEANTHIS.

Ismene icy m'envoye , & vous dit par ma bouche ,
Que votre aspect icy l'allarme & & l'effarouche.
Le Roy luy doit sa foy : Cependant , à ses yeux ,
On sçait qu'à Criseis il adresse ses vœux.
Par de lâches conseils , dont vous estes prodigue ,
C'est vous , à ce qu'on dit , qui menez cette intrigue.

## DEMOCRITE.

Moy ?

## CLEANTHIS.

Vous. C'est une honte , à l'âge où vous voila ,
De vouloir commencer ce vilain métier-là.

## DEMOCRITE.

Le reproche est plaisant , & nouveau , je vous jure ;
Je ne m'attendois pas à pareille avanture.

## CLEANTHIS.

Riez.

## DEMOCRITE.

Si vous sçaviez l'interest que j'y prens ,
Vous m'accuseriez peu de ces soins obligeans ,

Vous me connoiſſez mal : c'eſt une choſe étrange,
Comme dans ce Pays on prend toûjours le change.
CLEANTHIS.
Quoy ? le Prince tantoſt ne vous a pas commis
Le ſoin officieux d'attendrir Criſeis ?
Et vous, n'avez-vous pas pris ſoin de la reduire?
DEMOCRITE.
Cela peut eſtre vray ; mais bien loin de vous nuire,
Ce jour verroit Iſmene entre les bras du Roy,
S'il vouloit de ſon choix ſe rapporter à moy.
C'eſt un fait tres-conſtant.
CLEANTHIS.
Je veux bien vous en croire;
Mais pour ne point donner d'atteinte à votre gloire,
Partez.
DEMOCRITE.
Soit, j'ay pourtant de quoy rire à mon goût,
En ces lieux plus qu'ailleurs, & des femmes ſur tout.
CLEANTHIS.
Et de qui ririez vous ?
DEMOCRITE.
Mais, de vous la premiere,
De votre air ; vos habits, vos mœurs, votre maniere,
Tout en vous, haut & bas, eſt artificieux.
Pour paroiſtre plus grande, & pour tromper les yeux,
On voit ſur votre teſte une longue coëffure,
Et ſur de hauts patins vos pieds à la torture,
En ſorte qu'en oſtant ces ſecours ſuperflus,
Il ne reſteroit pas un tiers de femme au plus.
CLEANTHIS.
Il nous en reſte aſſez pour, telles que nous ſommes,
Faire quand nous voulons bien enrager les hommes.
Mais partez, s'il vous plaiſt, demain avant le jour,
Vous ferez ſagement ; car auſſi bien la Cour,
Dont vous faites toujours quelque plainte nouvelle,
Eſt bien laſſe de vous.
DEMOCRITE.
Et moy bien plus las d'elle,

Et je vais de ce pas preparer avec soin,
Que l'Aurore en naissant m'en trouve déja loin.

# SCENE VI.

## CLEANTHIS *seule.*

L'Affaire est on bon train pour la Princesse Ismene :
Mais pour mon compte à moy, je suis assez en
peine.
Je voudrois arrester le Disciple en ces lieux ;
Il a touché mon cœur en s'offrant à mes yeux,
Son tour d'esprit me charme, il fait tout avec grace,
Il n'est rien que pour luy de bon cœur je ne fasse,
Le Ciel me le devoit, pour me recompenser
De mon premier mary. Je le vois s'avancer.

# SCENE VII.

## CLEANTHIS, STRABON.

### STRABON.

OUf ! je suis bien guedé. Par ma foy, la science
Ne s'acquiert point du tout à force d'abstinence,
C'est mon sistéme à moy, l'esprit croist dans le vin,
Je m'en sens déja plus trois fois que ce matin.
Je me vange à longs traits de la philosophie.
Hé, vous voila, Princesse, Infante de ma vie.

Vous voyez un Seigneur fort satisfait de soy,
Un convive échapé de la table du Roy,
Il tient bon ordinaire, & je l'en félicite.

CLEANTHIS.

Au Disciple fameux du sçavant Democrite,
Plus qu'à nul autre humain, cet honneur estoit dû.

STRABON.

C'est un petit repas que le Roy m'a rendu :
Nous nous traitons par fois.

CLEANTHIS.

Vous ne sçauriez mieux faire,
Rien ne fait des amis comme la bonne chere;
Quoy qu'on embrasse icy des gens de tous métiers,
Bien moins pour l'amour d'eux que de leurs cuisiniers.

STRABON.

Cet honneur, quoy que grand, ne me toucheroit guere,
Si je n'estois bien seur du bonheur de vous plaire.
Vous aimer, est un bien pour moy plus precieux,
Qu'estre admis à la table & des Rois & des Dieux,
Et l'on ne leur sert point, même en des jours de festes,
De morceau si friand à mon goût que vous l'estes.

CLEANTHIS.

N'estes-vous point de ceux dont l'usage est connu,
Qui ne sont amoureux que quand ils ont bien bû ?
A qui beaucoup de vin fait sortir la tendresse ;
Qui vont en cet état aux pieds de leur maîtresse
Exhaler les transports de leurs brûlants desirs,
Et pousser des hoquets en guise de soûpirs ?
De nos jeunes Seigneurs c'est assez la maniere.

STRABON.

Ma tendresse n'est point d'un pareil caractere,
Bacchus n'est point chez moy l'interprete d'amour,
J'ay prés du sexe enfin l'air de la vieille Cour.
Mon cœur s'est laissé prendre en vous voyant paroître,
Et de ses mouvemens n'a plus esté le maître;
L'esprit, la belle humeur, la grace, la beauté,
Tout en vous s'est uny contre ma liberté.

CLEANTHIS.

Ce n'eſt point un retour de pure complaiſance,
Qui me fait hazarder la meſme confiance :
Mais je vous avoûray qu'à vos premiers regards
Mon foible cœur s'eſt vû percé de toutes parts :
Je ne ſçay quel attrait & quel charme inviſible,
En un inſtant a pû me rendre ſi ſenſible,
Et je n'ay point ſenty de tranſport auſſi doux
Pour tout autre mortel que j'en reſſens pour vous.

STRABON.

En vous reciproquant, vous eſtes, je vous jure,
De ces heureux tranſports payée avec uſure ;
L'on n'a jamais ſenty de feux ſi violents
Que ceux qu'auprés de vous & pour vous je reſſens.
Mais ne puis-je ſçavoir, en voyant tant de charmes,
Quel eſt l'aimable objet à qui je rends les armes ?

CLEANTHIS.

Bon ! que vous ſerviroit de ſçavoir qui je ſuis ?
Ce nous ſeroit peut-eſtre une ſource d'ennuis,
Aprés vous avoir fait l'aveu da ma foibleſſe.

STRABON.

Ah ! que cette pudeur augmente ma tendreſſe !

CLEANTHIS.

Je devrois bien plûtoſt ſonger à me cacher.

STRABON.

Rien de vous découvrir ne doit vous empécher.

CLEANTHIS.

L'homme eſt d'un naturel ſi volage & ſi traître ...
Qui le ſçait mieux que moy ?

STRABON.

Vous en avez peut-eſtre
Eſté ſouvent trahie. Icy, comme en tous lieux,
La femme, à mon avis, ne vaut pas beaucoup mieux.
J'en ay pour mes pechez quelquefois fait l'épreuve.
Eſtes-vous fille ?

CLEANTHIS.

Non.

STRABON.
Femme ?
CLEANTHIS.
Point du tout.
STRABON.
Veuve ?
CLEANTHIS.
Je ne sçay.

STRABON.
Oh, parbleu, vous vous mocquez de nous.
De quelle espece donc, s'il vous plaist, estes-vous ?
CLEANTHIS.
Je fus fille autrefois, & pour telle employée.
STRABON.
Je le crois.

CLEANTHIS.
A quinze ans je me suis mariée :
Mais depuis le long-temps que sans époux je vis,
Je ne sçaurois passer pour femme, à mon avis,
Ny pour veuve non plus, puisqu'en effet j'ignore
Si le mary que j'eus est mort, ou vit encore.

STRABON.
Ce discours, quoy qu'abstrait, me paroist assez bon.
Je ne suis, comme vous, homme, veuf, ny garçon,
Et mon sort de tout point est si conforme au vôtre,
Qu'il semble que le Ciel nous ait faits l'un pour l'autre.

CLEANTHIS à part.
Homme, veuf, ny garçon !
STRABON à part.
Fille, femme, ny veuve !
CLEANTHIS.
Le cas est tout nouveau.
STRABON.
L'avanture est tres neuve.
Depuis quand, s'il vous plaist, vivez-vous sans époux ?
CLEANTHIS.
Depuis prés de vingt ans je goute un sort si doux.
J'avois pris un mary fourbe, plein d'injustices,

Qui d'aucune vertu ne rachetoit ses vices ;
Yvrogne, débauché, scelerat, ombrageux ;
Pour sa mort je faisois tous les jours mille vœux :
Enfin le Ciel plus doux, touché de ma misere,
Luy fit naistre en l'esprit un dessein salutaire ;
Il partit, me laissant par bonheur sans enfans.

#### STRABON.

C'est tout comme chez nous. Depuis le mesme temps,
Inspiré par le Ciel, je quittay ma patrie,
Pour fuir loin de ma femme, ou plutôt ma furie.
Jamais un tel Démon ne sortit des Enfers ;
C'estoit un vray lutin, un esprit de travers,
Un vieux singe en malice, insolente, revéche,
Coquette, sans esprit, menteuse, pigriéche ;
A la noyer, cent fois je m'étois attendu ;
Mais je n'en ay rien fait, de peur d'estre pendu.

#### CLEANTHIS.

Cette femme vous est vrayment bien obligée !

#### STRABON.

Bon ! tout autre que moy ne l'eût point ménagée,
Elle auroit fait le saut.

#### CLEANTHIS.

      Et de grace, en quels lieux
Aviez-vous épousé ce chef-d'œuvre des Cieux ?

#### STRABON.

Dans Argos.

#### CLEANTHIS.

    Dans Argos ?

#### STRABON.

      Où la fortune a-t'elle
Mis en vos mains l'époux d'un si rare modelle ?

#### CLEANTHIS.

Dans Argos ?

#### STRABON.

    Dans Argos ? &, s'il vous plaist, quel nom
Portoit ce cher Epoux ?

#### CLEANTHIS.

     Il se nommoit Strabon.

STRABON.

Strabon? Aih!

CLEANTHIS.

Pourroit on aussi sans vous déplaire,
Sçavoir quel nom portoit cette Epouse si chere?

STRABON.

Cleanthis.

CLEANTHIS.

Cleanthis? C'est luy.

STRABON.

C'est elle? ô Dieux!

CLEANTHIS.

Ses traits n'en disent rien, mais je le sens bien mieux
Au soudain changement qui se fait dans mon ame.

STRABON.

Madame, par hazard n'estes-vous point ma femme?

CLEANTHIS.

Monsieur, par avanture estes-vous mon époux?

STRABON.

Il faut que cela soit; car je sens que pour vous
Dans mon cœur tout-à coup ma flâme est amortie,
Et fait en ce moment place à l'antipathie.

CLEANTHIS.

Ah! te voila donc, traître! Aprés un si long-temps,
Qui t'amene en ces lieux? qu'est ce que tu prétens?

STRABON.

M'en aller au plutost. Que ma surprise est forte!
Dis-moy, ma chere enfant, pourquoy n'es-tu pas
morte?

CLEANTHIS.

Pourquoy n'es-tu pas morte? Indigne scelerat,
Déserteur de ménage, & maudit renegat!
Pour t'arracher les yeux.

STRABON.

Ah! doucement, Madame.
O pouvoir de l'hymen! quel retour en mon ame!

CLEANTHIS.

Je ressentois pour luy les transports les plus doux!

Helas ! qu'allois-je faire ? il estoit mon époux.
Va , fuy ; que le Demon , qui te prit en ton giste
Pour t'amener icy , t'y remporte au plus viste ;
Evite ma fureur , retourne dans tes bois.

### STRABON.

Il ne vous faudra pas me le dire deux fois :
J'aime mieux estre hermite , & brouter des racines ,
Revoyager vingt ans , nuds pieds sur des épines ,
Que de vivre avec vous ; adieu.

### CLEANTHIS.

Grands Dieux ! que je le haïs !

### STRABON.

Quelle est laide à present , & qu'elle a l'air mauvais !

*Fin du quatriéme Acte.*

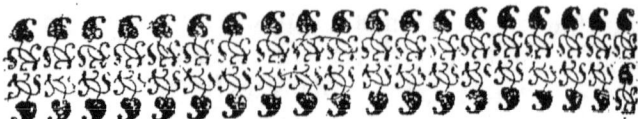

# ACTE V

---

## SCENE PREMIERE.

### STRABON *seul.*

E fuis tout confondu. Quelle étrange
    avanture !
Ma femme en ce Païs, & dans cette
    figure !
La Coquine aura fcu par quelque amy
    prefent,
Se faire confoler de fon époux abfent :
Mais elle n'aura pas plus long-temps l'avantage
D'anticiper les droits d'un prétendu veuvage :
J'ay fait reflexion fur fon fort & le mien,
Je ne veux point quitter des lieux où je fuis bien.
Affez & trop long-temps un chagrin domeftique ;
M'a fait fouffrit les maux d'un exil tyrannique ;
Et puifque mon deftin m'amene en ce fejour,
Je veux fur mes foyers demeurer à mon tour,
De me voir en ces lieux, fi mon époufe gronde,
Elle peut à fon tour aller courir le monde.

SCENE

# SCENE II.

## STRABON, THALER.

### THALER.

PALfangué je commence à me mettre en foucy,
Mon bijou ne vient point ; voyez-vous, ces gens cy
Vous promettont affez, mais ils ne tenent guere.

### STRABON.

Quoy ?

### THALER.

Vous ne fçavez pas ce qu'on me vient de faire ?

### STRABON.

Non.

### THALER.

Vous avez grand tort.

### STRABON.

Soit ; mais je n'en fçay rien.

### THALER.

Vous avez veû tantoft ce braffelet ?

### STRABON.

Hé bien ?

### THALER.

Bon ! ne me l'ont-ils pas déja pris ?

### STRABON.

Comment Diable!

### THALER.

Ils m'ont mis fur le corps ce habit honorable,
Difant que l'autre eftoit trop ignominieux ;
Je me fuis veû fi brave , & j'eftois fi joyeux,
Que je n'ay pas fongé de fouiller dans ma poche ,
Ils l'avont fait.

D

STRABON.

Le tour est digne de reproche,
Ta memoire t'a là ioüé d'un vilain trait.

THALER.

On est si partroublé, qu'on ne sçait ce qu'on fait.
Mais le Roy m'a promis de me le faire rendre,
Pour cela tout exprés je viens ici l'attendre,
Aprés quoy je dirons serviteur à la Cour.

STRABON.

Le serpent sous les fleurs se cache en ce sejour,
J'y viens d'en trouver un : mais qui peut t'y déplaire?
T'a-t'on fait quelque piéce encor?

THALER.

Tout au contraire,
C'est à qui me fera tout le plus d'amiquié;
L'un me baille un soufflet, & l'autre un coup de pié;
L'autre une croquignole; enfin chacun s'empresse,
Tout du mieux qu'il le peut, à me faire caresse:
On me fait plus d'honneur que je ne vaux cent fois,
J'ay vû manger le Roy, tout comme je te vois,
Et tout de bout en bout.

STRABON.

Tu l'as vû?

THALER.

Face à face,
Comme ces gros Monsieux, je tenois là ma place,
Et stanpandant j'avois du chagrin dans le cœur.

STRABON.

Du chagrin? & pourquoy?

THALER.

Morgué j'ons de l'honneur,
Et l'on dit qu'Agelas en veut à notre fille.

STRABON.

Voyez le grand malheur!

THALER.

Morgué, dans la famille
J'ons toûjours esté droit, hors notre femme dà,

Qui faisoit jaser d'elle un peu par-cy par-là.

### STRABON.

Te voïla bien malade ! elle tient de sa mere ;
Prétens-tu reformer cet usage ordinaire ?

### THALER.

Ce seroit un affront.

### STRABON

Je suis en même cas,
Et l'on ne m'entend point faire tant de fracas.
C'est tant mieux ; animal, si le sort favorable
Veut élever ta fille en un rang honorable.

### THALER.

Tant mieux ? qui dit cela ?

### STRABON.

C'est moy qui te le dis.

### THALER.

Les uns disent tant mieux, & les autres tant pis.
Dame, accordez-vous donc.

### STRABON.

Crois-moy, n'en fais que rire.

### THALER.

Si j'avois mon joyau, je les laisserois dire.

### STRABON.

La fortune m'a bien joüé d'un autre tour ;
J'ay bien plus de sujet de me plaindre à mon tour :
Un chagrin different s'empare de notre ame,
Tu pers ton bracelet, moy je trouve ma femme.

### THALER.

Comment donc, votre femme ? estes-vous marié?

### STRABON.

Helas, mon pauvre enfant, je l'avois oublié :
Mais le Diable en ces lieux qui l'eut pû jamais croire
M'en a subitement rafraîchi la mémoire.
Ah ! la voila qui vient, c'est elle, je la voy.

### THALER.

Quelle a de beaux habits !

### STRABON.

Ils ne sont pas de moy.

D ij

# SCENE III.

## CLEANTHIS, STRABON, THALER.

### CLEANTHIS.

QUoy ? malgré les transports dont mon ame est
émuë,
Ofes-tu bien encor te montrer à ma veuë ?
Et pourquoy n'es-tu pas déja bien loin d'icy ?

### STRABON.

V us vous y trouvez bien, & moy fort bien auſſi.
Si mon fatal aſpect icy vous importune,
Je vous permets d'aller chercher ailleurs fortune.

### CLEANTHIS.

Où puis-je aller, pour fuir un ſi funeſte objet ?

### STRABON.

Vous pouvez voyager vingt ans comme j'ay fait ;
Ou ſi de la ſageſſe un beau feu vous excite,
Allez dans les deſerts, & ſuivez Democrite ;
De vous voir avec luy je feray peu jaloux.

### CLEANTHIS.

Sors viſte de ces lieux, redoute mon couroux.
*à Thaler.*
As-tu bien-toſt aſſez contemplé ma figure ?

### THALER.

J'ay quelque ſouvenir de cette creature.

### STRABON.

C'eſt là que l'on apprend à corriger ſes mœurs,
Et d'un flegme moral reprimer les aigreurs.

### CLEANTHIS.

Je veux, quand il me plaiſt, moy, me mettre en colere.

THALER.

C'eſt elle, je le voy, plus je la conſidere.

STRABON.

N'adoucirez-vous point cet eſprit petulant ?

THALER.

Voila celle qui vint m'apporter ſon enfant.

CLEANTHIS.

Ma haine en te voyant s'irrite dans mon ame,
Lâche, perfide Epoux.

THALER.

C'eſt donc là votre femme ?

STRABON.

Helas, ouy.

THALER prenant Cleanthis par le bras.

Payez-moy ce que vous me devez.

CLEANTHIS.

Ce que je vous dois ?

THALER·

Ouy, s'il vous plaiſt.

CLEANTHIS.

Vous rêvez;
Je ne vous connois point, mon amy, je vous jure.

THALER.

Je vous connois bien, moy ; quinze ans de nourriture
Pour un de vos enfans.

CLEANTHIS.

Pour un de mes enfans ?

STRABON.

Pour un de nos enfans ! Ciel ! qu'eſt-ce que j'entens ?
Je n'en eus jamais d'elle, & c'eſt nous faire honte.

THALER.

Elle n'a pas laiſſé d'en avoir à bon compte.

STRABON.

D'en avoir ! Juſtes Dieux ! verray-je d'un œil ſec,
Le front d'un Philoſophe endurer tel échec ?

CLEANTHIS a Thaler.

Quoy ? tu pourrois, maraut, avec pareille audace,
Me ſoûtenir . . . ? J'ay vû quelque part cette face.

D iij

#### THALER.

Ouy, je le foutiendray, c'eft palfanguene vous,
Qui vint par un matin mettre un enfant chez nous?
Si bien, que vous difiez que vous eftiez fa mere.

#### CLEANTHIS.

Qui moy ?

#### THALER *à Strabon.*

Je fuis ravy que vous foyez fon pere,
C'eft un gentil enfant.

#### STRABON.

M'avoir joüé ce trait,
Sans t'en avoir jamais donné aucun fujet !

#### CLEANTHIS.

Vous eftes fous tous deux.

#### STRABON.

Me donner, infidelle,
Un enfant clandeftin . . . Eft-il mafle ou femelle?

#### THALER.

C'eft une belle fille, & laquelle, ma foy,
Ne vous reffemble guere.

#### STRABON.

Oh vrayment, je le croy.

# SCENE VI.

## AGELAS, DEMOCRITE, CRISEIS, STRABON, CLEANTHIS, THALER.

### DEMOCRITE.

SEigneur, il ne faut pas m'arrefter davantage,
Je joüe en votre Cour un fort fot perfonnage;

Et quand vous me forcez à rester dans ces lieux ,
Je sçay que ce n'est point du tout pour mes beaux yeux.

AGELAS.

Votre rare merite en est l'unique cause.

DEMOCRITE.

Mon merite ? Ah ! vrayment , c'est bien prendre la
　　chose !
Si vous le connoissiez en effet tel qu'il est,
Vous verriez qu'il n'est pas tout ce qu'il vous paroist.

AGELAS.

Icy votre presence est encor necessaire ;
Je veux que vous voyiez terminer une affaire ,
Aprés quoy vous pourrez , libres dans vos desseins ,
Vous , Thaler, & Strabon , chercher d'autres destins.

DEMOCRITE.

Quelle affaire ?

AGELAS.

　　　　Je veux qu'un heureux mariage
Par des nœuds éternels à Criseis m'engage.

THALER.

A ma fille ? . . . Morgué ces Courtisans de Cour
Ont tout comme cela des vartigots d'amour.

CRISEIS.

Il ne faut point , Seigneur , surprendre ma foiblesse
Par le flateur aveu d'une feinte tendresse ;
Je connois votre rang , de plus je me connois :
Vous respecter , Seigneur , est tout ce que je dois.

AGELAS.

Les Dieux & les destins en vain par la naissance
Ont mis entre nous deux une vaste distance,
J'en appelle à l'amour , il est beaucoup plus fort
Que le sang , que les Loix , que les Dieux , & le fort :
Je veux sur votre front mettre le Diadéme.

THALER.

Ne va pas t'y fier : ce n'est qu'un stratagéme.

D iiij

## SCENE V.

ISMENE, AGENOR, AGELAS,
CRISEIS, DEMOCRITE, CLEAN-
THIS, STRABON, THALER.

### ISMENE.

Seigneur, il court un bruit, que je ne sçaurois croire,
Il interesse trop mes droits & votre gloire.
J'aprens que vous laissant séduire par l'amour,
Vous voulez épouser Criseis en ce jour.

### AGELAS.

Le bruit qui se répand ne me fait nul outrage,
Un inconnu pouvoir à cet hymen m'engage,
Et mon choix l'élevant dans ce rang glorieux,
Peut reparer assez l'injustice des Dieux.

### DEMOCRITE.

Vous voulez tout de bon en faire votre femme !

### AGELAS.

Jamais aucun espoir n'a tant flaté mon ame.

### THALER.

Tatigué ! queu malin ! Rendez-moy mon bijou,
Et je prens, pour partir, mes jambes à mon cou.

### AGENOR *donnant le bracelet au Roy.*

Par les soins que j'ay pris, on vient de me le rendre ;
Seigneur, je vous l'aporte.

### THALER.

                    On m'a bien fait attendre.
N'en a-t'on rien osté ?

### AGELAS.

                    Les yeux sont ébloüis
Des traits de feu qu'on voit ... mais d'où vient ce
rubis ?

### THALER.

Du Pays des rubis ; il est à notre fille.

AGELAS.

Comment ?

THALER.

Ouy, c'eft, Seigneur, un bijou de famille.

AGELAS.

Eclaircy-nous le fait fans feinte & fans détour.

THALER.

Mais tout ce que je dis eft plus clair que le jour.

AGELAS.

Ce difcours ambigu cache quelque myftere :
Explique-toy.

THALER.

Morgué, je ne fuis point fon Pere,
Puifqu'il faut vous le dire, & parler tout de bon.

CRISEIS.

Jufte Ciel !

THALER.

Je ne fais que luy prefter mon nom,
Comme bien d'autres font.

CLEANTHIS.

Le denoûment s'avance.

AGELAS.

Et quel eft donc celuy qui luy donna naiffance ?

STRABON.

Ce n'eft pas moy, toujours.

THALER.

Cette femme, je croy,
Si vous l'interrogez, le dira mieux que moy.
La droleffe un matin s'en vint, bon jour bon œuvre,
Jufqu'à notre maifon porter ce biau chet d'œuvre.

CLEANTHIS.

Moy ? quelle calomnie !

THALER.

Oh, je vous connois bien.

CLEANTHIS.

Qui moy, j'aurois…

THALER.

Ouy, vous.

D v

AGELAS.
>Ne diffimule rien.
CLEANTHIS.
Seigneur, j'ay fatisfait aux ordres de la Reine,
Qui de fon premier lit n'ayant pour fruit qu'Ifmene:
Et luy voulant au Trône affurer tous les droits,
M'obligea de porter fa fille dans les bois.
AGELAS.
Puis.je croire, grands Dieux ! cette étrange avanture?
Mais helas ! n'eft-ce point une heureufe impofture?
CLEANTHIS.
Seigneur, ce bracelet avecque ce rubis,
Rendent le fait conftant.
STRABON.
>Je reprens mes efprits.
AGELAS.
Il eft temps qu'à prefent, puifque le Ciel l'ordonne,
Je remettre à vos pieds le Sceptre & la Couronne.
Je vous rends votre bien, Madame, & deformais
Je ne le puis tenir que de vos feuls bienfaits.
CRISEIS.
Je ne me plaignois point du fort où j'eftois née :
Maintenant que le Ciel changeant ma deftinée,
Veut reparer les maux qu'il m'avoit fait fouffrir,
Je me plains de n'avoir qu'un cœur à vous offrir.

AGELAS à Ifmene.

Madame, vous voyez mon deftin & le vôtre,
Le Ciel ne nous a point fait naître l'un pour l'autre,
Mais ce Prince pourra, fenfible à vos attraits,
De la perte du Trône adoucir les regrets.
ISMENE.
Agenor à mes yeux vaut bien une Couronne.
AGENOR.
Seigneur ...
AGELAS à Thaler.
>Vous dont je tiens cette aimable perfonne,
Demandez, je ne puis trop vous recompenfer.

## THALER.

Faites-moy Maltotier toujours pour commencer.

## DEMOCRITE.

Seigneur , depuis long-temps je garde le silence ,
Un tel évenement étourdit ma prudence ;
Interdit & confus de tout ce que je vois ,
J'ay peine à retrouver l'usage de la voix :
Il est temps cependant de me faire connoître.
Je n'ay point esté tel que j'ay voulu paroître.
Vrayment foible au dedans , Philosophe au dehors ,
L'esprit estoit la dupe & l'esclave du corps :
Deux yeux , deux yeux charmans avoient , pour ma
    ruine ,
Détraqué les ressorts de toute la machine.
De la philosophie en vain on suit les loix ,
La Nature en nos cœurs ne perd jamais ses droits ;
En comptant nos deffauts , je vois , plus je calcule ,
Qu'il n'est point de mortel qui n'ait son ridicule ;
Le plus sage est celuy qui le cache le mieux :
J'estois amoureux.

## AGELAS.

Vous ?

## CLEANTHIS.

Vous estiez amoureux ?

## DEMOCRITE.

L'Amour m'avoit forcé , pour traverser ma vie ,
Dans les retranchemens de la philosophie :
Voila l'objet fatal , le dangereux écueil ,
Où la fiere sagesse a brisé son orgueil.

## CLEANTHIS.

Vous aimiez Criseis ?

## DEMOCRITE.

La partie animale
Avoit pris , malgré moy , le pas sur la morale ;
La Nature perverse entraînoit la Raison ,
A l'Univers entier j'en demande pardon.
Adieu.

D v

AGELAS.
Ne partez point, il y va de ma gloire.

DEMOCRITE.
Faut-il que j'orne encor votre char de victoire?
Je ne me trouve pas aſſez bien de la Cour,
Seigneur, pour y vouloir faire un plus long ſejour:
J'ay fait, en m'y montrant, une folie extrême,
J'y vins comme un franc ſot, & je m'en vais de même:
Trop heureux, d'en partir libre de paſſion,
Et d'avoir de critique ample proviſion.
J'en ay fait à la Cour un recueil à bon titre,
Je me mets, je l'avoüe, en teſte du chapitre
De ceux que l'amour fait à l'excés s'oublier:
Mais ſans le bracelet vous eſtiez le premier.
Je vais chercher des lieux, où la Philoſophie
Ne ſoit plus expoſée à cette épilepſie,
Dans un antre plus creux achevant mon employ,
Je vais rire de vous, riez auſſi de moy.

AGELAS
Tâchons de l'arreſter. Nous, cependant, Madame,
Allons pour couronner une ſi belle flâme.

SCENE DERNIERE.

CLEANTHIS, STRABON.

STRABON.

ET bien, que dirons-nous? partirai-je avec luy?

CLEANTHIS.
Je ſuis bien en couroux: ſi pourtant aujourd'huy
Tu voulois un peu mieux m'aimer...

STRABON.
Déja, coquine,
Tu voudrois me tenir, je le vois à ta mine,
Je te pardonne tout, fais-moy grace à ton tour.
Oublions le paſſé, renouvellons d'amour:
Je ne ſeray pas ſeul, qui d'une ame enchantée
Aura repris ſa femme aprés l'avoir quittée.

FIN.

# LES
# FOLIES
## AMOUREUSES,
## COMEDIE,

REPRESENTE'E EN 1704.

# ACTEURS.

ALBERT, Jaloux, & Tuteur d'Agathe.

ERASTE, Amant d'Agathe.

AGATHE, Amante d'Eraste.

LISETTE, Servante de Monsieur Albert.

CRISPIN, Valet d'Eraste.

# PROLOGUE

## DES

## FOLIES AMOUREUSES.

---

## SCENE PREMIERE.

## MADEMOISELLE BEAUVAL.

U y , je vous le foutiens , Meſſieurs ,
    c'eſt fort mal fait ,
      Vous n'avez point de conſcience.
C'eſt tromper , c'eſt piller le Public
    en effet ,
    C'eſt voler avec confiance.
  On vient icy , dans l'eſperance
  D'un divertiſſement complet ,
Depuis un mois , votre Affiche promet ,
Que de l'Amour chez vous on verra les Folies :
  En un beſoin , je croy que ce ſujet
    Fourniroit trente Comedies ;
Et vous en prétendez donner effrontément
    Une en trois Actes ſeulement ?
    Fy , fy ! c'eſt une extravagance.

M'en croirez-vous, Meffieurs ? Reprenez votre argent
Avant que la piece commence.

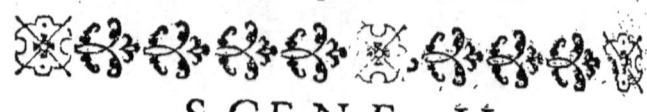

## SCENE II.

**M. DANCOURT, Mlle. BEAUVAL.**

**M. DANCOURT.**

PArbleu, vous vous chargez d'un foin bien obligeant !

**Mlle. BEAUVAL.**

Qu'eft-ce à dire ?

**M. DANCOURT.**

Hé Mademoifelle
De quoy diantre vous mêlez-vous ?

**Mlle. BEAUVAL.**

Moy, Monfieur, de quoy je me mêle !
Hé, ne devons-nous pas nous intereffer tous
A faire réüffir une piece nouvelle ?

**M. DANCOURT.**

Vous faites fans doute éclater
Un merveilleux excés de zele
Pour la reüffite de celle
Que nous allons reprefenter !

**Mlle. BEAUVAL.**

Moy, je n'y fçay point de fineffe.
J'avertis qu'elle finira
Une heure au moins plûtôt qu'un autre Piece,
Et que peut-être elle ennuyra.

**M. DANCOURT.**

On ne peut loüer davantage ;
C'eft parler comme il faut en faveur d'un Ouvrage,
L'Auteur vous en remercîra.

**Mlle. BEAUVAL.**

L'Auteur eft mon amy, je l'eftime, je l'aime.

**M. DANCOURT.**

Vous luy prouvez tres-bien, vrayment !

## Mlle. BEAUVAL.

Sans doute. Je n'en veux pour Juge que luy-même ;
Et s'il avoit voulu suivre mon sentiment,
    Ou qu'il eût eu moins de paresse . . .

## M. DANCOURT.

Hé qu'eût-il fait ?

## Mlle. BEAUVAL.

    Il eût premierement
  Changé le titre de la Piéce ,
  Qui ne luy convient nullement.
Il promet trop , il a trop d'étendue ;
  Et chacun , si tôt qu'on l'entend ,
  Porte indifferemment la veue
  Sur toute sorte d'accident
  Dont peut l'amoureuse manie
Embarraffer l'organe du genie
  Le plus sage & le plus prudent.

## M. DANCOURT.

Mais à qui diantre avez-vous oüy dire
Tous les grands mots que vous repetez-là ?

## Mlle BEAUVAL.

Comment donc , s'il vous plaist ? que veut dire cela ?
  Ma foy , Monsieur , je vous admire !
Il semble aux gens, parce qu'ils sçavent lire ,
Qu'on ne sçauroit parler aussi bien qu'eux !
  Vous êtes de plaisans crasseux !

## M. DANCOURT,

  Mille pardons , Mademoiselle ;
  Je ne prétens point vous fâcher.
J'en sçay la conséquence , & je ne veux tâcher
Qu'à finir au plûtost la petite querelle
Qu'assez à contre-temps vous paroissez chercher.

## Mlle. BEAUVAL.

Qui moy ? chercher querelle ? hé bien ! la médisance !
  Parce que naturellement ,
Avec simplicité je dis ce que je pense ;
  Que j'avertis le Public bonnement ,
Qu'une piece n'a rien du titre qu'on luy donne . . .

# PROLOGUE.

**M. DANCOURT.**

Ouy, vous êtes tout-à-fait bonne !

**Mlle. BEAUVAL.**

Hé bien, Monsieur, pourquoy me chagrinet ?
Vrayment, je vous trouve admirable !
On me fait passer pour un diable ;
Moy qui comme un mouton suis facile à méner.

**M. DANCOURT.**

S'il est ainsi, laissez-vous donc conduire.
Rentrez dans les foyers, songez à commencer.

**Mlle BEAUVAL**

Commencer, moy ? non, vous aurez beau dire.

**M. DANCOURT.**

De grace …

**Mlle. BEAUVAL.**

Là dessus rien ne me peut forcer.

**M. DANCOURT.**

Mademoiselle :

**Mlle BEAUVAL.**

Ah ouy ! vous sçaurez m'y reduire !

**M. DANCOURT.**

Quoy ? …

**Mlle. BEAUVAL.**

Je ne jouray point, Monsieur.

**M. DANCOURT.**

Mais on dira …

**Mlle. BEAUVAL.**

Mais on dira, Monsieur, tout ce que l'on voudra.

**M. DAN OURT.**

La bonne cervelle !

**Mlle. BEAUVAL.**

Il est drolle !

J'auray chauffé ma tête, & l'on me contraindra ?
Ah, vous verrez comme on reüssira !

**M. DANCOURT.**

Si …

**Mlle. BEAUVAL.**

L'on me contredit : mais ce qui m'en console,

Joûra le rôlle qui pourra.

**M. DANCOURT.**

Mais si vous ne joüez, la piece tombera ;
Et pour ne point joüer un rôlle,
Il faut avoir des raisons, s'il vous plaist.

**Mlle. BEAUVAL.**

J'en ay, Monsieur, une tres-bonne.

**M. DANCOURT.**

Et c'est ?..

**Mlle. BEAUVAL.**

J'en ay, vous dis-je, & je ne suis point folle,
Je n'en demordray point, en un mot comme en cent ;
Votre discours devient lassant,
Vous me prenez pour une Idole,
Vous croyez me pêtrir comme une cire molle,
Mais vous êtes un innocent,
Et votre éloquence est frivole.
Vous avez beau parler, prier, être pressant,
Je ne sçaurois joüer ; j'ay perdu la parole.

**M. DANCOURT.**

Il y paroît !

# SCENE III.

**M. DANCOURT, Mlle. BEAUVAL,
Mlle. DESBROSSES.**

**Mlle. DESBROSSES.**

Voicy bien un autre embaras !
L'Auteur dans les foyers se fait tenir à quatre.
Il ne veut point laisser joüer sa piece.

**Mlle. BEAUVAL.**

He las !

Mlle. DESBROSSES.

Ouy, de quelques raisons qu'on puisse le combattre,
Si l'on veut l'obliger, on ne la joura pas.

Mlle. BEAUVAL.

On ne la jouroit pas : hé pourquoy, je vous prie?
L'Auteur l'entend fort bien! Il seroit beau, ma foy,
Que Messieurs les Auteurs nous donnassent la loy!
Oh! contre sa mutinerie,
Puisqu'il le prend ainsi, je me revolte, moy.
Pour le faire entager, je prétends qu'on la joüe.

Mlle. DESBROSSES.

Venez donc luy parler. Tout le monde s'enroüe
Pour luy faire entendre raison.

M. DANCOURT.

Mais peut-être en a t-il quelques-unes.

Mlle. BEAUVAL.

Luy? Bon!

Ses raisons ne sont pas meilleures que les nôtres.
La piece est sçüe, il faut la joüer, vous dit-on.
Appuyrez-vous, Monsieur, ses raisons?

M. DANCOURT.

Pourquoy non?

Vous m'avez déja fait presqu'approuver les vôtres.

Mlle. BEAUVAL.

Mardienne, Monsieur, finissez.
Je n'aime pas qu'on me plaisante.
Avec votre sang froid…

M. DANCOURT.

Que vous êtes charmante

Lorsque vous radoucissez!

Mlle. BEAUVAL.

Je suis la douceur même, & je ne me tourmente
Que quand les choses ne vont pas
Selon mes interests, ou selon mon attente.
Mais quand on me fâche, en ce cas,
Je deviens vive, & je suis petulante.

M. DANCOURT.

Allez donc employer votre vivacité,

Et déployer votre éloquence,
Pour faire revenir un Auteur entêté :
Mais au moins point de petulance.

Mlle. BEAUVAL.

Mais d'où vient son entêtement ?

Mlle. DES BROSSES.

Il dit qu'on prend plaisir à décrier sa piéce ;
Qu'on n'a pour les Auteurs aucun ménagement ;
Qu'un si dur procedé le blesse :
Que l'un blâme son dénoûment ;
Que vous, vous condamnez son titre.

Mlle. BEAUVAL.

L'Auteur ment.
Je ne dis jamais rien. Est-ce que je me mêle
D'aller prôner mon sentiment ?
Ce sont bien là mes allures, vrayment !

M. DANCOURT.

Pour cela, non. Mademoiselle
N'en a lâché qu'un mot confidemment,
Et tout à l'heure encore, au Public seulement :
Mais ce n'est qu'une bagatelle.

Mlle. BEAUVAL.

Si je l'ay dit, je m'en dedis.
La piéce est bonne, & je la soutiens telle.
Diantre soit des censeurs, & des donneurs d'avis,
Qui de leurs sots discours m'échauffent les oreilles ?
Puis, je ne sçay ce que je dis.
Le dénoûment est bon, le titre est à merveilles :
Car ce qui fait ce dénoûment,
Ne sont-ce pas d'agreables folies,
D'ingenieuses réveries.
Que fait imaginer l'Amour dans le moment
Pour attraper un vieux Amant ?

M. DANCOURT.

Sans doute.

Mlle. BEAUVAL.

Hé pourquoy donc est-ce qu'on le critique ?
Avec raison l'Auteur se picque.

Sur ce pied là le titre est excellent,
Et le sujet est tout-à-fait galant.

Cela reüssira.

### Mlle. DES BROSSES.

Qui ous dit le contraire ?

### M. BEAUVAL.

De sottes gens qui ne peuvent se taire,
Qui font les beaux esprits, les sçavans connoisseurs.

### M. DANCOURT.

Laissez parler de tels censeurs.
On les connoît, on ne les croira guere.

### Mlle. BEAUVAL.

C'est fort bien dit.

### Mlle. DES BROSSES.

La grande affaire,
Est à present de radoucir l'Auteur.

### Mlle. BEAUVAL.

Il ne tiendra pas sa colere.

# SCENE IV.

## M. DANCOURT, Mlle. BEAUVAL, Mlle. DESBROSSES, M. DUBOCAGE.

### M. DU BOCAGE.

Tout le monde veut s'en aller,
Hé commençons de grace, allez vous habiller,
De nos debats le Puplic n'a que faire.

### Mlle. BEAUVAL.

Mais est-on d'accord là derriere ?

### M. DUBOCAGE.

Ouy, là-dessus n'ayez point de soucy.
Une personne fort jolie,
Qui paroît beaucoup notre amie,

Et qui l'est de l'Auteur aussi ,
Dans le moment vient d'arriver icy
Avec nombreuse Compagnie.
Ils disent que c'est la Folie ;
Et c'est-elle en effet. J'ay bien jugé d'abord,
Comme on a mis son nom au titre de la piece ,
Qu'au succés elle s'interesse.
Mais je vois quelqu'un qui s'empresse
A venir de sa part , pour vous mettre d'accord.

# SCENE V.

## M. DANCOURT, M^lle. BEAUVAL, M^lle. DES BROSSES, M. DU BOCAGE, MOMUS.

### MOMUS.

S Erviteur à la Compagnie.
Des Dieux de la Mithologie
Vous voyez en moy le Bouffon ,
Momus Dieu de la Raillerie ,
Et partant de la Comedie
Le Protecteur & le Patron.

### M^lle. BEAUVAL.

Monsieur Momus , point de ceremonie,
Soyez le bien venu.  Notre profession
Avec la vôtre a quelque ressemblance.
Gens de même condition ,
Font entr'eux bien-tôt connoissance.

### MOMUS

Il est vray , vous avez raison.
Là-haut je raille & je fais rire,
Vous faites de même icy-bas :
Les Dieux n'échappent point aux traits de ma satyre ;

Et les hommes, ie croy, quand vous voulez médire,
Ne vous échappent pas.
Je suis ravi qu'enfin nos emplois ordinaires
Mettent du rapport entre-nous.
Touchez-là, je suis tout à vous.
Serviteur donc, mes amis & confreres

**M. DANCOURT.**

Seigneur Momus, votre Divinité
A notre corps fait une grace entiere :
Mais en vous avouant ainsi notre confiere,
Vous nous autorisez à trop de vanité.

**Mlle. BEAUVAL.**

Non, point du tout, laissez-le faire,
Mais dites-nous avec sincerité,
Franchement, là . . . quelle heureuse avanture
Vous a fait venir dans ces lieux ?
En faveur du plus grand des Dieux,
Venez-vous ménager quelque conquête seure ?
Au lieu d'être Momus, n'êtes-vous point Mercure?

**MOMUS.**

Oh pour cela, non, par ma foy.
Chacun là haut a son employ,
Et nous n'usurpons rien sur les Charges des autres,
Nos rôlles sont marquez ainsi que sont les vôtres,
Et de n'en point changer on se fait une loy.
Je voudrois bien trocquer ma charge avec Mercure,
Il est bien plus aisé de servir deux amans
Dans une tendre conjoncture,
Que de faire rire les gens.

**Mlle. BEAUVAL.**

Vous en pouvez parler mieux qu'un autre peut-être;
Et sans trop vous flatter, je croy
Que vous êtes un fort grand maître
Et dans l'un & dans l'autre employ.

**Mlle. DES BROSSES.**

Mais enfin, quel dessein icy-bas vous attire?

**MOMUS.**

Ne trouvant plus là-haut de sujet de médire;       Car

Car vous sçavez que depuis quelque temps,
Les Dieux sont devenus d'assez honnêtes gens,
Et vous n'entendez plus parler de leurs fredaines;
J'ay resolu, malgré les perils & les peines,
De venir sourdement m'établir en ces lieux,
Et d'y joüer la Comedie.

### Mlle. BEAUVAL.

Quelle diable de fantaisie !

### MOMUS.

Dans ce dessein capricieux,
J'amene une troupe choisie.
J'ay pris avec moy la Folie,
Et son futur époux, Monsieur du Carnaval,
De qui je suis un peu rival.
Chacun de nous doit, suivant son genie,
Se faire un rôle original
Je viens donc à Paris pour y lever Boutique,
Et pour faire valoir mon talent, comme vous.
Je croy qu'en ce pays, & soit dit entre nous,
Mon humeur vive & satyrique
Ne manquera pas de pratique,
Car il n'y manque pas de fous.

### Mlle. BEAUVAL

Comment donc, mercy de ma vie,
Vous venez, dites-vous, joüer la Comedie ?
Et pour vous établir vous choisissez ces lieux ?
Croyez-moy, remontez aux Cieux.
Nous ne gagnons pas trop, le temps est malheureux.
Je ne souffriray point de concurrens semblables.
Si vous m'irritez une fois;
Et contre tous les Dieux, & contre tous les Diables,
Seule je deffendray mes droits.

### MOMUS.

Nous ne pretendons point nuire à votre fortune.
Joignons nous de bonne amitié;
Nous partagerons par moitié,
Et nous ferons bourse commune.
Si non, nouveaux Comediens,

Nous irons courir la campagne ;
Et si malgré tous nos moyens,
Nous depensons plus qu'on ne gagne,
Nous leverons un Opera,
Qui peut-être reüssira.
Nous joûrons des pieces nouvelles.
Nous avons des Musiciens,
Dont les voix sonores & belles,
Ne sont point artificielles,
Et non pas des Italiens,
De qui les voix ne sont ny mâles ny femelles.

Mlle. BEAUVAL.

J'ay grande opinion de votre habileté ;
Mais cependant, avant que de finir l'affaire,
Et d'entrer en societé,
Encor, faut-il bien voir ce que vous sçavez faire.

MOMUS.

Vous pouvez, à l'essay, juger de nos talens.
Vous êtes, ce me semble, en peine,
Et vous auriez besoin de quelque Scene,
De quelques airs vifs & brillans,
Pour allonger votre piece nouvelle ?

M. DU BOCAGE.

Voila le fait.

MOMUS.

C'est une bagatelle.
Je ne veux que quelques momens,
Pour preparer des divertissemens,
Dont le public je croy pourra se satisfaire.
Nous autres Dieux, nous ne sçaurions mal faire.

Mlle BEAUVAL.

Tout Dieux que vous soyez je soutiens le contraire.
Le Public a le goût si delicat, si fin,
Qu'avec tout vos talens, & votre esprit divin,
Ce ne sera pas peu que de pouvoir luy plaire.
Mais quel sujet choisirez-vous enfin ?

MOMUS.

Je n'en manqueray pas, & j'en fais mon affaire.

# PROLOGUE.

Tout à l'heure dans vos foyers,
J'ay trouvé des sujets pour mille Comedies :
Nombre d'originaux, de tous Arts & Métiers,
Dont on peut sur la Scene extraire des copies :
Un Marquis éventé, qui vient avec fracas,
En bourdonnant un air, étaler ses appas :
Une sçavante à toute outrance,
Qui decide à tort, à travers,
Des Auteurs de prose & de vers,
De l'Andrienne & de Terence :
Un Abbé d'égale science,
Qui dreſſant ſon petit collet,
D'un air preſomptueux, & d'un ton de faucet,
Applaudit à ſon ignorance :
Un tas de ces faux mécontens
Et de la Cour & du Service ;
Qui ſe plaignent de l'injuſtice
Qu'on leur fait depuis ſi long-temps ;
Qui prenant un autre exercice,
Et mépriſant de vains lauriers,
Bornent tous leurs Exploits guerriers
A lorgner dans une couliſſe
Quelque belle au tendre regard,
Laquelle auſſi n'eſt pas novice
A contre lorgner de ſa part.
Ne ſont-ce pas là, je vous prie,
D'amples ſujets de Comedie?

### Mlle. BEAUVAL.

Ah tout beau, Monſeigneur Momus !
Avec tout ces gens-là point de plaiſanterie.

### Mlle DESBROSSES.

Nous ſouffririons de votre raillerie.

### MOMUS.

Je vois ce qui vous tient. Vous aimez les écus.
Je n'en diray pas davantage,
Et ce ne ſont point eux auſſi que j'enviſage,
Pour ſervir de matiere au divertiſſement.
Nous vous donnerons ſeulement

E ij

Quelques chanfons, & gentilles gambades,
Que du mieux qu'ils pourront feront mes camarades;
Quelque agreable petit rien,
Des amufantes bagatelles,
Qui font fouvent de vos pieces nouvelles
Tout le fuccés & le foutien.

### M. DANCOURT.

L'imagination merite qu'on la loue,
Et la piece, je croy, s'en trouvera fort bien.

### Mlle. DES BROSSES.

Sur ce pied-là, l'Auteur voudra bien qu'on la joue.

### Mlle. BEAUVAL.

Commençons donc.

### MOMUS au Parterre.

Meffieurs, vous ferez les témoins
De notre zele & de nos foins.
Nous defcendons exprés de la celefte Voute,
Pour vous donner quelques plaifirs nouveaux.
On ne fait pas ce chemin, qu'il n'en coute.
Il feroit bien fâcheux qu'après tant de travaux,
Avec un pied nez, & n'ayant pû vous plaire,
On vît rentrer dans la celefte Sphere
Une troupe de Dieux penaux.
Je vous fais donc, Meffieurs, tres-inftante priere,
( La priere d'un Dieu n'eft pas à rejetter )
De vouloir à ma Troupe accorder grace entiere.
Si favorablement vous daignez l'écouter,
Je vous promets, fo de Dieu veridique,
Qui raille affez fouvent, mais qui ne ment jamais,
Que de ma veine fatyrique
Vous n'exercerez point les traits.
C'eft beaucoup dans un temps où chacun dans fa vie
Fait pour le moins une folie.
Adieu, jufqu'au revoir. Sur-tout, vivons en paix.

*Fin du Prologue.*

LES
FOLIES AMOUREUSE

# LES FOLIES

## AMOUREUSES

### *COMEDIE.*

# ACTE I.

## SCENE PREMIERE.

### AGATHE, LISETTE.

#### LISETTE.

Orsqu'en un plein repos chacun encor
sommeille,
Quel demon, s'il vous plaît, vous tire par
l'oreille,
Et vous fait hazarder de sortir si matin ?

#### AGATHE.

Paix, tay-toy, parle bas, tu sçauras mon destin.
Eraste est de retour.

#### LISETTE.

Eraste ?

#### AGATHE.

D'Italie.

E iij

### LISETTE.

D'où ſçavez-vous cela, Madame, je vous prie ?
### AGATHE,

J'ay crûs le voir hier paroître dans ces lieux ,
Et j'en crois plus mon cœur encore que mes yeux.
### LISETTE.

Je ne m'étonne plus que votre diligence
Ait du Seigneur Albert trompé la vigilance.
Par ma foy , c'eſt un guide excellent que l'amour.
### AGATHE.

J'étois à ma fenêtre , en attendant le jour ;
Quand quelqu'un eſt ſorty : voyant la porte ouverte ,
J'ay ſaiſi promptement l'occaſion offerte ,
Tant pour prendre le frais , que pour flatter l'eſpoir
Qui pourroit attirer Eraſte pour me voir.
### LISETTE.

Vous n'avez pas envie , à ce qu'on peut comprendre ,
Que le pauvre garçon s'enrhume à vous attendre.
Il arrive le ſoir ; & vous, au point du jour ,
Vous l'attendez icy pour flatter ſon amour.
C'eſt perdre peu de temps. Mais ſi par avanture ,
Albert votre tuteur, jaloux de ſa nature ,
Vient à nous rencontrer , que dira-t-il de nous ?
### AGATHE.

Je me veux affranchir du pouvoir d'un jaloux.
J'ay trop long-temps langui ſous ſon cruel empire ;
Je leve enfin le maſque ; & quoy qu'il puiſſe dire ,
Je veux ſans nul égard luy montrer deſormais ,
Comme je pretens vivre , & combien je le hais.
### LISETTE.

Que le Ciel vous maintienne en ce deſſein louable !
Pour moy, j'aimerois mieux cent fois ſervir le diable.
Ouy , le diable. Du moins , quand il tiendroit Sabat ,
J'aurois quelque repos : Mais dans mon triſte état,
Soir, matin, jour , ou nuit, je n'ay ny paix ny treve.
Si cela dure encore , il faudra que je creve.
Tant que le jour eſt long , il gronde entre ſes dents ,
» Fais-cecy, fais cela , va , vien, monte, deſcends,

» Fais bien la guerre à l'œil, ferme porte & fenêtre,
» Avertis, si de loin tu vois quelqu'un paroître.
Il s'arrête, il s'agite, il court, sans sçavoir où,
Toute la nuit il rode ainsi qu'un loup garou ;
Il ne nous permet pas de fermer la prunelle ;
Luy, quand il dort d'un œil, l'autre fait sentinelle ;
Il n'a ri de sa vie ; il est jaloux, fâcheux,
Brutal à toute outrance, avare, dur, hargneux ;
J'aimerois mieux chercher mon pain de porte en por-
te,
Que servir plus long-temps un maître de la sorte.

### AGATHE.

Lisette, tout nos maux vont finir desormais.
Qu'Eraste est different du portrait que tu fais !
Dés mes plus tendres ans chez sa mere nourrie,
Nos cœurs se sont trouvez liez de sympathie ;
Et l'amour acheva, par des nœuds plus charmans,
De nous unir encor par ses engagemens
Plûtôt que de souffrir la contrainte effroyable
Qui depuis quelque temps & me gêne & m'accable,
Je serois fille ? prendre un party violent ;
Et sous un habit d'homme, en Chevalier errant,
Pour m'affranchir d'Albert, & de ses loix si dures,
J'irois par le pays chercher des avantures.

### LISETTE.

Oh ! sans aller si loin, ici, quand vous voudrez,
Je vous suis caution que vous en trouverez.

### AGATHE.

Tu ne sçais pas encor quel est mon caractere,
Quand on m'impose un joug à mon humeur contraire.
J'ay vécu dans le monde au milieu des plaisirs,
La contrainte où je suis irrite mes desirs.
Presentement qu'Eraste à m'épouser s'apprête,
Mille vivacités me passent par la tête.
J'ay du cœur, de l'esprit, du sens, de la raison,
Et tu verras dans peu des traits de ma façon.
Mais comment du Château la porte est-elle ouverte ?

E iiij

LISETTE.

Bon ! votre vieux Cerbere eſt à la découverte,
Faut-il le demander ? Il rode dans les champs.
Il fait toute la nuit ſentinelle en dedans ;
Et ſur le point du jour il va battre l'eſtrade.
S'il pouvoit par bonheur cheoir en quelqu'embuſcade,
Et que des égrillards avec de bons bâtons . . .
Mais paix , j'entens du bruit , quelqu'un vient , écoutons.

# SCENE II.

## ALBERT, AGATHE, LISETTE.

### ALBERT.

J'Ay fait dans mon Château toute la nuit la ronde,
Et dans un plein repos j'ay trouvé tout le monde.
Pour mieux des ennemis rendre vains les efforts,
J'ay voulu même encor m'aſſurer des dehors.
Grace au Ciel , tout va bien. Une terreur ſecrette,
En dépit de mes ſoins , cependant m'inquiete.
Je vis hier roder un certain curieux ,
Qui de loin , ce me ſemble , examinoit ces lieux.
Depuis plus de ſix mois ma lâche complaiſance
Met à chaque moment en défaut ma prudence ;
Et pour laiſſer Agathe , à l'aiſe reſpirer ,
Je n'ay , par bonté d'ame , encor rien fait murer.
Ce n'eſt point par douceur qu'on rend ſages les filles ;
Je veux du haut-en bas faire attacher des grilles ,
Et que de bons barreaux larges comme la main,
Puiſſent ſervir d'obſtacle à tout effort humain.
Mais j'entens quelque bruit , & dans le crepuſcule,
J'entrevoy quelque objet qui marche & qui recule.
Approchons. Qui va-là ? Perſonne ne répond.

Ce silence affecté ne me dit rien de bon.

#### LISETTE.

Je tremble.

#### ALBERT.

C'est Lisette. Agathe est avec elle.

#### AGATHE.

Est-ce donc vous, Monsieur, qui faites sentinelle?

#### ALBERT.

Ouy, Ouy. C'est moy, c'est moy. Mais à l'heure
   qu'il est,
Que venez-vous chercher en ce lieu, s'il vous plaît?

#### AGATHE.

De dormir ce matin n'ayant aucune envie,
Lisette & moy, Monsieur, nous avons fait partie
D'être devant le jour sous ces arbres épais,
Pour voir naître l'aurore, & respirer le frais.

#### LISETTE.

Ouy.

#### ALBERT.

Respirer le frais & voir l'aurore naître,
Tout cela se pouvoit faire votre fenêtre.
Icy pour me trahir vous êtes de complot.

#### LISETTE.

Que ce seroit bien fait!

#### ALBERT.

Que dis tu?

#### LISETTE.

Pas le mot.

#### ALBERT.

Des filles sans intrigue, & qui sont retenuës,
Sont à l'heure qu'il est dans leur lit étenduës,
Dorment tranquillement, & ne vont point si-tôt
Prendre dans une cour ny le froid ny le chaud.

#### LISETTE.

Et comment, s'il vous plaît, voulez-vous qu'on re-
   pose?
Chez-vous toute la nuit on n'entend autre chose
Qu'aller, venir, monter, fermer, descendre, ouvrir,

E v

Crier, tousser, cracher, éternuer, courir.
Lorsque par grand hazard quelquefois je sommeille,
Un bruit affreux de clefs en sursaut me reveille ;
Je veux me rendormir, mais point. Un Juif errant
Qui fait du mal d'autruy son plaisir le plus grand ;
Un lutin que l'Enfer a vomi sur la terre,
Pour faire aux gens dormans une éternelle guerre,
Commence son vacarme & nous lutine tous.

### ALBERT.

Et quel est ce Lutin, & ce Juif errant ?

### LISETTE.

Vous.

### ALBERT.

Moy ?

### LISETTE.

Ouy, vous. Je croyois que ces brusques manieres
Venoient de quelque esprit qui vouloit des prieres ;
Et pour mieux m'éclaircir dans ce fâcheux état,
Si c'étoit ame, ou corps qui faisoit ce sabat,
Je mis un certain soir, à travers la montée,
Une corde aux deux bouts fortement arrêtée.
Cela fit tout l'effet que j'avois esperé.
Si-tôt que pour dormir chacun fut retiré,
En personne d'esprit, sans bruit & sans chandelle,
J'allay dans certain coin me mettre en sentinelle.
Je n'y fus pas long-temps qu'aussi-tôt, paratras,
Avec un fort grand bruit voila l'Esprit à bas.
Ses deux jambes à faux dans la corde arrêtées,
Luy font avec le nez mesurer les montées.
Soudain j'entens crier : A l'aide, je suis mort.
A ces cris redoublez, & dont je riois fort,
J'accours, & je vous vois étendu sur la place,
Avec une apostrophe au milieu de la face ;
Et votre nez cassé me fit voir par écrit,
Que vous étiez un corps, & non pas un esprit.

### ALBERT.

Ah, malheureuse engeance, appanage du diable !
C'est-toy qui m'as joué ce tour abominable.

Tu voulois me tuer avec ce trait maudit ?

**LISETTE.**

Non, c'étoit seulement pour attraper l'Esprit.

**ALBERT.**

Je ne sçay maintenant qui retient mon courage,
Que de vingt coups de poing au milieu du visage . . .

**AGATHE.**

Eh, Monsieur, doucement !

**ALBERT.**

Vous pourriez bien icy,
Vous la Belle, attraper quelque gourmade aussi.
Taisez-vous, s'il vous plaît. Pour punir son audace,
Il faut que de chez moy sur le champ je la chasse.
Qu'on sorte de ce pas.

**LISETTE** *pleurant.*

Juste Ciel ! quel arrêt !

Monsieur !

**ALBERT.**

Non, dénichons au plutôt, s'il vous plaît.

**LISETTE** *riant.*

Ah, par ma foy, Monsieur, vous nous la donnez
    bonne,
De croire qu'en quittant votre triste personne,
Le moindre déplaisir puisse saisir mon cœur !
Un Ecolier qui sort d'avec son Precepteur ;
Une fille long-temps au celibat liée,
Qui quitte ses parens pour être mariée ;
Un esclave qui sort des mains des Mécreans,
Un vieux forçat qui rompt sa chaîne aprés trente ans,
Un heritier qui voit un oncle rendre l'ame,
Un époux quand il suit le convoy de sa femme,
N'ont pas le demi quart tant de plaisir que j'ay
En recevant de vous ce bienheureux congé.

**ALBERT.**

De sortir de chez moy tu peux être ravie ?

**LISETTE.**

C'est le plus grand plaisir que j'auray de ma vie.

E vj

ALBERT.

Ouy ? Puisqu'il est ainsi, je change de desir,
Et je ne prétens pas te donner ce plaisir.
Tu resteras icy pour faire penitence.
Et vous, sans raisonner, rentrez en diligence.
( *Agathe rentre en faisant la reverence, & Lisette en
fait autant, & Albert continuë.* )
Demeure toy, je veux te parler sans témoins.
( *a part* ) Il faut l'amadoüer, j'ay besoin de ses soins.

## SCENE III.

### ALBERT, LISETTE.

#### ALBERT.

Allons, faisons la paix, vivons d'intelligence,
Je t'aime dans le fonds, & plus que l'on ne pense.

LISETTE.

Et je vous aime aussi, plus que vous ne pensez.

ALBERT.

Un bel amour, vrayment, à me casser le nez !
Mais je pardonne tout & te donne promesses,
Que tu ressentiras l'effet, de mes largesses,
Si tu veux me servir dans une occasion.

LISETTE.

Voyons. De quel service est-il donc question ?

ALBERT.

Tu sçais depuis long-temps, que sur le fait d'Agathe,
J'ay, comme on doit avoir, l'ame un peu delicate.
La Donzelle bien-tôt prendroit le mord aux dents,
Sans la precaution que prés d'elle je prens.
Prés la Dame du Bourg jusqu'à quinze ans nourrie
Toujours dans le grand monde elle a passé sa vie.
Cette Dame étant morte, un parent me pria

D'en vouloir prendre soin , & me la confia.
L'amour depuis ce temps s'est glissé dans mon ame ,
Et j'ay quelque dessein d'en faire un jour ma femme.

### LISETTE.

Votre femme ? Fy donc !

### ALBERT.

Qu'entens-tu par ce ton ?

### LISETTE.

Fy , vous dis-je !

### ALBERT.

Comment ?

### LISETTE.

Hé fy , fy , vous dit-on ?
Vous avez trop d'esprit pour faire une sottise ;
Et j'en appellerois à votre barbe grise.

### ALBERT.

Je n'ay point eu d'enfans de mon hymen passé ,
Et je veux achever ce que j'ay commencé ;
Faire des heritiers , dont l'heureuse naissance ,
De mes collateraux détruise l'esperance.

### LISETTE.

Ma foy , faites , Monsieur , tout ce qu'il vous plaira.
Jamais posterité de vous ne sortira.
C'est moy qui vous le dis.

### ALBERT.

Et pourquoy donc ?

### LISETTE.

Que sçais-je ?

### ALBERT.

Qui t'a de deviner donné le privilege ?
Dis donc , parle , répons.

### LISETTE.

Mon Dieu , je ne dis rien.
Sans dire la raison , vous la devinez bien.
Je m'entens , il suffit.

### ALBERT.

Ne te mets point en peine.
Ce sera mon affaire , & point du tout la tienne.

LISETTE.

Ah ! vous avez raison.

ALBERT.

Tu sçais bien qu'icy bas ,
Sans trouver quelque embûche on ne peut faire un pas.
Des pieges qu'on me tend mon ame est allarmée.
Je tiens une Brebis avec soin enfermée :
Mais des loups ravissans rodent pour l enlever.
Contre leur dent cruelle il la faut conserver ;
Et pour ne craindre rien de leur noire furie,
Je veux de toutes parts fermer la Bergerie ;
Faire avec soin griller mon Château tout au tour,
Et ne laisser par-tout qu'un peu d'entrée au jour.
J'ay besoin de tes soins en cette conjoncture ,
Pour faire, à mon desir , attacher la clôture.

LISETTE.

Qui , moy ?

ALBERT.

Je ne veux pas que cette invention
Paroisse estre l'effet de ma précaution.
Agathe avec raison pourroit être allarmée,
De se voir par mes soins de la sorte enfermée ;
Cela pourroit causer du refroidissement.
Mais , en fille d'esprit , il faut adroitement
Luy dorer la pillule , & luy faire comprendre ,
Que tout ce qu'on en fait n'est que pour se deffendre;
Et que la nuit passée un nombre de bandits ,
N'a laissé que les murs dans le prochain logis.

LISETTE.

Mais croyez-vous , Monsieur, avec ce stratagême,
Et bien d'autres encor dont vous usez de même,
Vous faire bien aimer de l'objet de vos vœux ?

ALBERT.

Ce n'est pas ton affaire , il suffit , je le veux.

LISETTE.

Allez , vous estes fou , de vouloir à votre âge,
Pour la seconde fois tâter du mariage ;
Plus fou , d'estre amoureux d'un objet de quinze ans;

Encor plus fou d'oser la griller là-dedans.
Ainſi, dans ce deſſein, funeſte en conſequences,
Je compte la valeur de trois extravagances,
Dont la moindre va droit aux Petites Maiſons.

### ALBERT.

Pour me conduire ainſi j'ay de bonnes raiſons.

### LISETTE.

Pour moy, grace aux effets de la bonté celeſte,
J'ay juſqu'à preſent eu de la vertu de reſte :
Mais ſi j'avois Amant ou Mary de ce goût,
Ils en auroient, parbleu, ſur la teſte & par-tout.
Si vous me choiſiſſez pour prendre cette peine,
Je vous le dis tout net, votre eſperance eſt vaine.
Je ne veux point tremper dans vos lâches deſſeins.
Le cas eſt trop vilain, je m'en lave les mains.

### ALBERT.

Sças-tu qu'après avoir employé la priere,
Je ſçauray contre toy prendre un party contraire ?

### LISETTE.

Peſtez, jurez, criez, mettez-vous en couroux,
Vous m'entendrez toujours vous dire, qu'un jaloux
Eſt un objet affreux à qui l'on fait la guerre,
Qu'on voudroit de bon cœur voir à cent pieds ſous
  terre ;
Qu'il n'eſt rien plus hideux ; que Sathan, Lucifer,
Et tant d'autres Meſſieurs Habitans de l'Enfer,
Sont des objets plus beaux, plus charmans, plus ai-
  mables,
Des bourreaux moins cruels & moins inſupportables,
Que certains jaloux, tels qu'on en voit en ce lieu.
Vous m'entendez, j'ay dit, je me retire, adieu.

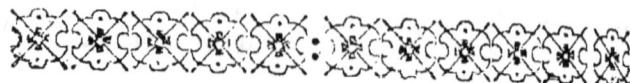

# SCENE IV.

## ALBERT.

POur me trahir icy tout le monde s'employe.
On diroit qu'ils n'ont pas tous de plus grande
   joye.
Lisette ne vaut rien : mais de crainte de pis ,
Malgré sa brusque humeur , je la garde au logis.
Je ne laisseray pas , quoy qu'on dise & qu'on glose,
D'accomplir le dessein que mon cœur se propose.

# SCENE V.

## ALBERT, CRISPIN.

### CRISPIN à part.

MOn maistre qui m'attend au Cabaret prochain,
M'envoye icy devant pour sonder le terrain.
Voila, je croi, notre homme ; il faut feindre de sorte.

ALBERT.
Que faites-vous icy seul , & devant ma porte?

CRISPIN.
Bon jour, Monsieur.

ALBERT.
Bon jour.

CRISPIN.
Vous portez-vous bien ?

ALBERT.

### CRISPIN.

En verité, j'en ay le cœur bien réjoûi.

### ALBERT.

Content, ou non content, quel sujet vous attire,
Et quel homme estes vous ?

### CRISPIN.

J'aurois peine à le dire.
J'ay fait tant de métiers d'aprés le naturel,
Que je puis m'appeller un homme universel.
J'ay couru l'Univers, le monde est ma patrie.
Faute de revenu, je vis de l'industrie,
Comme bien d'autres font ; selon l'occasion,
Quelquefois honneste homme, & quelquefois fripon.
J'ay servi volontaire un an dans la Marine ;
Et me sentant le cœur enclin à la rapine,
Aprés avoir esté dix-huit mois Flibustier,
Un mien parent me fit apprentif Maltôtier.
J'ay porté le mousquet en Flandre, en Allemagne,
& j'étois Miquelet dans les guerres d'Espagne.

### ALBERT.

Voila bien des métiers ! Du bas jusques en haut,
Cet homme me paroît avoir l'air d'un maraut.
Que faites-vous icy ? Parlez.

### CRISPIN.

Je me retire.

### ALBERT.

Non, non, il faut parler.

### CRISPIN à part.

Je ne sçais que luy dire.

### ALBERT.

Vous me portez tout l'air d'estre de ces fripons,
Qui rodent pour entrer la nuit dans les maisons.

### CRISPIN.

Vous me connoissez mal, j'ay d'autres soins en teste.
Tandis que le hazard dans ce séjour m'arrête,
Ayant pour bien des maux des secrets merveilleux,

Je m'amuse à chercher des simples dans ces lieux.

### ALBERT.

Des simples ?

### CRISPIN.

Ouy , Monsieur ; tout le temps de ma vie,
J'ay fait profession d'exercer la Chymie.
Tel que vous me voyez, il n'est gueres de maux,
Où je ne sçache mettre un remede à propos :
Pierre , gravelle , toux , vertiges , maux de mere;
On m'a même accusé d'avoir un caractere.
Il ne s'en est fallu qu'un degré de chaleur ,
Pour estre de mon temps le plus heureux Souffleur.

### ALBERT.

Cet habit cependant n'est pas de competence...

### CRISPIN.

Vous sçavez que l'habit ne fait pas la science;
Et je ne serois pas réduit d'estre valet,
Si je n'avois eu bruit avec le Chastelet.
Mais un jour on verra triompher l'innocence.

### ALBERT.

Vous avez , dites-vous? ....

### CRISPIN.

Voyez la medisance !
Certain jour, me trouvant le long d'un grand chemin,
Moy troisiéme , & le jour estant sur son déclin,
En un certain bourbier j'apperçus certain coche.
En homme secourable aussi-tost je m'approche;
Et pour le soulager du poids qui l'arrestoit,
J'ôtay des magasins les paquets qu'il portoit.
On a voulu depuis, pour ce trait charitable,
De ces paquets perdus me rendre responsable.
Le Prevôt s'en mêloit. C'est pourquoy mes amis
Me conseillerent tous de quitter le Pays.

### ALBERT.

C'est agir prudemment en affaires pareilles.

### CRISPIN.

J'arrive de la guerre , où j'ay fait des merveilles.
Les Ardennes m'ont vû soutenir tout le feu.

Et batailler un jour feul contre un party bleu.
J'ay dans le Milanois payé de ma perfonne.
Sçavez-vous bien, Monfieur, que j'étois dans Cre-
mone ?

### ALBERT.

Je vous crois. Mais aprés tous ces exploits fameux,
Que voulez-vous enfin de moy ?

### CRISPIN.
Ce que je veux ?

### ALBERT.

Ouy.

### CRISPIN.
Rien. Je croy qu'on peut, quoy que l'on en
raifonne,
Se promener icy fans offenfer perfonne.

### ALBERT.
Ouy. Mais il ne faut pas trop long-temps y refter,
Serviteur.

### CRISPIN.
Serviteur ! Avant de nous quitter,
Dites-moy, s'il vous plaift, Monfieur, à qui peut eftre
Le Chafteau que voila ?

### ALBERT.
Mais .... il eft à fon maiftre.

### CRISPIN.
C'eft parler comme il faut. Vous répondez fi bien,
Que l'on ne peut fi-tôt quitter votre entretien.
Nous devons à la ville aller ce foir au gifte.
Y ferons-nous bien-tôt ?

### ALBERT.
Si vous allez bien vifte.

### CRISPIN.
Cet homme n'aime pas les converfations.
Pour finir en un mot toutes mes queftions,
Je pars, & dites-moy quelle heure il pourroit eftre.

### ALBERT.
La demande eft plaifante ! A ce qu'on peut connoître,
Vous me croyez icy mis comme les cadrans,

Pour du haut d'un clocher montrer l'heure aux paſſans.
Allez l'apprendre ailleurs, partez ; je vous conſeille
De ne pas plus long-temps étourdir mon oreille.
Votre aſpect me fatigue autant que vos diſcours.
Adieu, bonjour.

# SCENE VI.

## CRISPIN ſeul.

CEt homme a bien de l'air d'un ours,
Par ma foy, ce début commence à m'interdire.
Le Vieillard me paroiſt un peu ſujet à l'ire ;
Pour en venir à bout il faudra battailler.
Tant mieux, c'eſt où je brille, & j'aime à ferrailler.
Mais j'apperçois mon Maiſtre.

# SCENE VII.

## ERASTE, CRISPIN.

### ERASTE.

HE' bien, quelle nouvelle ?
Cher Criſpin, dans ces lieux as-tu vû cette belle ?
As-tu vû ce Tuteur, & vois-tu quelque jour,
Quelque rayon d'eſpoir, qui flatte mon amour.

### CRISPIN.

A vous dire le vray , ce n'étoit pas la peine
De venir de Milan icy tout d'une haleine ,
Pour nous en retourner d'abord du mesme train;
Vous pouviez m'épargner le travail du chemin.
Ah ! que ce Mont Cenis est un pas ridicule !
Vous souvient-il, Monsieur, quand ma maudite mule
Me jetta par malice en ce trou si profond ?
Je fus prés d'un quart d'heure à rouler jusqu'au fond.

### ERASTE.

Ne badine donc point , parle d'autre maniere.

### CRISPIN.

Puisque vous souhaittez une phrase plus claire,
Je vous diray , Monsieur , que j'ay vû le jaloux ,
Qui m'a receu d'un air qui tient de l'aigre-doux.
Il faudra du Canon pour emporter la place.

### ERASTE.

Nous en viendrons à bout , quoy qu'il dise & qu'il
    fasse ;
Et je ne prétens point abandonner ces lieux ,
Que je ne sois nanti de l'objet de mes vœux.
L'Amour, de ce brutal vaincra la resistance.

### CRISPIN.

J'aurois pour le succés assez bonne esperance ;
Si de quelque argent frais nous avions le secours.
C'est le nerf de la guerre , ainsi que des amours.

### ERASTE.

Ne te mets point en peine. Agathe en mariage
A trente mille écus de bon bien en partage.
Quand elle n'auroit rien , je l'aime cent fois mieux ,
Qu'une autre avec tout l'or qui seduiroit tes yeux.
Dés ses plus tendres ans chez ma mere élevée,
Son image en mon cœur est tellement gravée,
Que rien ne pourra plus en effacer les traits.
Nos deux cœurs qui sembloient l'un pour l'autre
    estre faits ,
Goûtoient de cet amour l'heureuse intelligence ,
Quand ma mere mourut. Dans cette décadence ,

Albert ce vieux jaloux, que l'Enfer confondra,
Par avis de parens, d'Agathe s'empara.
Je ne le connois point, & luy, comme je pense,
De moy, ny de mon nom n'a nulle connoissance.
On m'a dit qu'il estoit d'un trés fâcheux esprit,
Defiant, dur, brutal.

CRISPIN.

Et l'on vous a bien dit.
Il faut sçavoir d'abord, si dans la forteresse,
Nous nous introduirons par force, ou par adresse;
S'il est plus à propos pour nos desseins conçûs,
De faire un siege ouvert, ou former un blocus.

ERASTE.

Tu te sers à propos des termes militaires.
Tu reviens de la guerre.

CRISPIN.

En toutes les affaires,
La teste doit toujours agir avant le bras.
Ce n'est pas d'aujourd'huy que je voy des combats:
J'ay mesme deserté deux fois dans la Milice.
Quand on veut, voyez-vous, qu'un siege réüssisse,
Il faut premierement s'emparer des dehors,
Connoistre les endroits, les foibles, & les forts.
Quand on est bien instruit de tout ce qui se passe,
On ouvre la tranchée, on canonne la place,
On renverse un rempart, on fait brêche aussi-tôt;
On avance en bon ordre, & l'on donne l'assaut;
On égorge, on massacre, on tuë, on vole, on pille,
C'est de mesme à peu prés quand on prend une fille.
N'est-il pas vray, Monsieur?

ERASTE.

A quelque chose prés
La suivante Lisette est dans nos interests.

CRISPIN.

Tant mieux. Plus dans la ville on a d'intelligence,
Et plus pour le succés on conçoit d'esperance.
Il la faut avertir, que sans bruit, sans tambours,
Il est toute la nuit arrivé du secours;

Luy faire des fignaux pour luy faire comprendre . . . .

### ERASTE.

Allons voir là-deffus quels moyens il faut prendre ;
Et pour ne point donner de foupçons dangereux,
Evitons de refter plus long-temps en ces lieux.

### CRISPIN.

Moy , comme Ingenieur , & Chef-d'Artillerie,
Je vais voir où je dois placer ma batterie ,
Pour battre en bréche Albert , & l'obliger bien-tôt
A nous rendre la place , ou foutenir l'affaut.

*Fin du Premier Acte.*

# ACTE II.

## SCENE PREMIERE.

### ALBERT *seul.*

UN secret confié, dit un excellent homme,
( J'ignore son Pays, & comment il se nomme)
C'est la chose à laquelle on doit plus regarder,
Et la plus difficile en ce temps à garder.
Cependant, n'en déplaise à ce Docteur habile,
La garde d'une fille est bien plus difficile.
J'ay fait par le jardin entrer le Serrurier,
Qui doit à mon dessein promptement s'employer.
Je veux faire sortir Agathe, & sa Suivante,
De peur qu'à cet aspect leur cœur ne s'épouvante:
Il faut les appeller, afin qu'à son plaisir,
L'Ouvrier libre & seul puisse agir à loisir.
Quand j'auray, sur ce point, satisfait ma prudence,
Il faudra les resoudre à prendre patience.
Hola, quelqu'un ? Venez sous ces arbres épais,
Pendant quelques momens prendre avec moy le frais.

# SCENE II.

## AGATHE, LISETTE, ALBERT.

### LISETTE.

Voila du fruit nouveau. Quel Démon favorable
Vous rend l'accueil si doux, & l'humeur si traitable ?
Par

Par votre ordre étonnant, depuis plus de six mois,
Nous sortons aujourd'huy pour la premiere fois.

ALBERT.

Il faut changer de lieu. Quelquefois dans la vie,
Le plus charmant séjour à la fin nous ennuye.

AGATHE.

Sous quelqu'autre climat que je sois avec vous,
L'air n'y sera pour moy ny meilleur ny plus doux.
Je ne sçay pas pourquoy ; mais enfin je soûpire,
Quand je suis prés de vous, plus que je ne respire.

ALBERT.

Mon cœur à ce discours se pâme de plaisirs.
Il te faut un époux pour calmer ces soupirs.

AGATHE.

Les filles, d'ordinaire assez dissimulées,
Font au seul nom d'Epoux d'abord les reservées,
Masquent leurs vrais desirs, & répondent souvent
N'aimer d'autre party que celuy du Couvent.
Pour moy, que le pouvoir de la verité presse,
Qui ne trouve en cela ny crime ny foiblesse,
J'ay le cœur plus sincere, & je vous dis sans fard,
Que j'aspire à l'hymen, & plus tôt que plus tard.

LISETTE.

C'est bien dit. Que sert-il, au printemps de son âge,
De vouloir se soustraire au joug du mariage,
Et de se retrancher du nombre des vivans ?
Il étoit des maris bien avant des Couvents ;
Et je tiens moy, qu'il faut suivre, en toute methode,
Et la plus ancienne, & la plus à la mode.
Le parti d'un Epoux est le plus ancien,
Et le plus usité, c'est pourquoy je m'y tien.

ALBERT.

En personne d'esprit vous parlez l'une & l'autre.
Mes sentimens aussi sont conformes au vôtre,
Je veux me marier. Riche comme je suis,
On me vient tous les jours proposer des partis,
Qui paroissent pour moy d'un tres-grand avantage :
Mais je répons toûjours qu'un autre amour m'engage;

E

Que mon cœur prévenu de ta rare beauté,
Pour toy seule soupire ; & que de ton côté
Tu n'adores que moy.

AGATHE.
Comment donc ?

ALBERT.
Ouy , mignonne,
J'ay declaré l'amour qui pour moy t'éguillonne.

AGATHE.
Vous avez , s'il vous plaît, dit ? …

ALBERT.
Qu'au fond de ton cœur,
Pour moy tu nourrissois une sincere ardeur.

AGATHE.
Votre discretion vrayment ne paroît guere.

ALBERT.
On ne peut être heureux , belle Agathe , & se taire.

AGATHE.
Vous ne deviez pas faire un tel aveu si haut.

ALBERT.
Et pourquoy , mon enfant ?

AGATHE.
C'est que rien n'est si faux,
Et qu'on ne peut mentir avec plus d'impudence.

ALBERT.
Vous ne m'aimez donc pas ?

AGATHE.
Non : mais en recompense
Je vous hais à la mort.

ALBERT.
Eh pourquoy ?

AGATHE.
Qui le sçait ?
On aime sans raison , & sans raison on hait.

LISETTE.
Si l'aveu n'est pas tendre , il est du moins fiere.

ALBERT.
Aprés ce que j'ay fait, Basilic, pour te plaire !

## LISETTE.

Ne nous emportons point; voyons tranquillement
Si l'amour vous a fait un objet bien charmant.
Vos traits font effacez, elle est aimable, & fraîche;
Elle a l'esprit bien fait, & vous l'humeur revêche;
Elle n'a pas seize ans, & vous êtes fort vieux;
Elle se porte bien, vous êtes cathéreux;
Elle a toutes ses dents, qui la rendent plus belle;
Vous n'en n'avez plus qu'une, encore branle-t-elle,
Et doit être emportée à la premiere toux:
A quelle malheureuse icy-bas plairiez-vous?

## ALBERT.

Si j'ay pris pour luy plaire une inutile peine,
Je veux, par la sang-bleu, meriter cette haine,
Et mettre en seureté ses dangereux appas.
Je vais en certain lieu la mener de ce pas,
Loin de tous Damoiseaux; où de son arrogance
Elle aura tout loisir de faire penitence.
Allons, vîte, marchons.

## AGATHE.

Où voulez-vous aller?

## ALBERT.

Vous le sçaurez tantost . marchons sans tant parler.
Quel fâcheux contre-temps dans cette conjecture!
Au Diable le fâcheux, & sa sotte figure.

# SCENE III.

## ERASTE, ALBERT, AGATHE, LISETTE, CRISPIN.

*Eraste entre comme un homme qui se promene. Il apperçoit Albert, & le saluë.*

### ALBERT.

Souhaitez-vous, Monsieur, quelque chose de moy?
### LISETTE *bas.*
C'est Eraste.
### AGATHE *bas.*
Paix donc, je le voy mieux que toy.
( *Eraste continuë à saluer.* )
### ALBERT.
'A quoy servent, Monsieur, ces façons que vous faites?
Parlez donc, je suis las de toutes ces courbettes.
### ERASTE.
Etranger dans ces lieux, & ravi de vous voir,
Vous rendant mes respects je remplis mon devoir.
Assez prés de chez vous ma Chaise s'est rompuë,
Lorsqu'a la reparer icy l'on s'evertuë,
Attiré par l'aspect & le frais de ces lieux,
Je viens y respirer un air delicieux.
### ALBERT.
Vous vous trompez, Monsieur; l'air qu'icy l'on res-
    pire
Est tout-à-fait mal sain  Je dois même vous dire,
Que vous ferez fort mal d'y demeurer long-temps,
Et qu'il est dangereux & mortel aux passans.

## AGATHE.

Helas : rien n'est plus vray. Depuis que j'y respire,
Je languis nuit & jour dans un cruel martyre.

## CRISPIN.

Que l'on me donne à moy toûjours du même vin
Que celuy que notre hôte a percé ce matin ;
Et je deffie icy , toux , fievre, apoplexie,
De pouvoir de cent ans attenter à ma vie.

## ERASTE.

On ne croira jamais qu'avec tant de beauté ,
Et cet air si fleury , vous manquiez de santé.

## ALBERT.

Qu'elle se porte bien , ou qu'elle soit malade ,
Cherchez un autre lieu pour votre promenade.

## ERASTE.

Cet objet que le Ciel a pris soin de parer ,
Cette veuë où mon œil se plaît à s'égarer ,
Enchante mes regards , & jamais la nature
N'étalla ses attraits avec tant de parure.
Mon cœur est amoureux de ce qu'on voit icy.

## ALBERT.

Ouy , le Païs est beau , chacun en parle ainsi :
Mais vous employriez mieux la fin de la journée ;
Votre chaise à present doit être accommodée,
Votre presence icy ne fait aucun besoin ,
Partez, vous devriez être déja bien loin.

## ERASTE.

Je pars dans le moment. Dites-moy , je vous prie..

## ALBERT.

Puisque de babiller vous avez tant d'envie ,
Je vais vous écouter avec attention.
(à Agathe & à Lisette) Rentrez, rentrez.

## LISETTE.

Monsieur . . .

## ALBERT.

Eh , rentrez, vous dit-on.

## ERASTE.

Je me retireray plûtôt que d'être cause

F iij

Que Madame pour moy souffre la moindre chose.

### AGATHE.

Non, Monsieur, demeurez ; & jusques à demain
Diff rez, croyez-moy, de vous mettre en chemin;
Et n vous y mettez qu'en bonne compagnie.
Les chemins sont mal-seurs.

### ALBERT.

Que de ceremonie !
Allons vîte, rentrons.

### LISETTE.

Ouy, ouy, je rentreray :
Mais devant ces Messieurs, tout haut je vous diray
Que e Ciel enverra quelque honnête personne,
Pou faire enfin cesser les chagrins qu'on nous donne.
Depuis plus de six mois, dans ce Cloître nouveau,
Nous n'avons apperçu que l'ombre d'un chapeau.
A tout homme en ce lieu l'entrée est interdite.
Tout dans cette maison est sujet à visite.
Nous croyons quelquefois que le monde a pris fin.
Rien n'entre icy, s'il n'est du genre feminin.
Jugez si quelque fille en ce lieu peut se plaire.
ALBERT *luy mettant la main sur la bouche, & la*
*faisant rentrer.*
Ah ! je t'arracheray ta langue de vipere.

# SCENE IV.

# ALBERT, ERASTE, CRISPIN.

### ALBERT *bas.*

JE ne veux point si-tôt rentrer dans le logis,
Pour donner tout le temps que les barreaux soient mis.

Leurs plaintes & leurs cris me toucheroient peut-être.
Ca, de quoy s'agit-il ? parlez, vous voila maître.
Mais sur-tout soyez bref.

### ERASTE.

Je suis fâché vrayment,
Que pour moy votre fille ait un tel traitement.

### ALBERT.

Qu'est-ce à dire, ma fille ?

### ERASTE.

Est-ce donc votre femme ?

### ALBERT.

Cela sera bien-tôt.

### ERASTE.

J'en suis ravy dans l'ame.
Vous ne pouvez jamais prendre un plus beau dessein,
Et vous faites fort bien de luy tenir la main
Tous les maris devroient faire ce qu' vous faites.
Les femmes aujourd'huy sont toutes si coquettes …

### ALBERT.

J'empêcheray parbleu, que celle que je prens,
Ne suive la maniere & le train de ce tems.

### CRISPIN.

Ah ! que vous ferez bien ! Je suis si fou des femmes,
Et je suis si ravy quand quelques bonnes ames
Se servent de main mise un peu de tems en tems .

### ALBERT.

Ce garçon-là me plaît, & parle de bon sens.

### ERASTE.

Pour moy, je ne vois rien de si digne de blâme,
Qu'un homme qui s'endort sur la foy d'une femme;
Qui sans être jamais de soupçons combattu,
Compte tranquillement sur sa frêle vertu ;
Croit qu'on fit pour luy seul une femme fidelle.
Il faut faire soy même en tout tems sentinelle,
Suivre par-tout ses pas, l'enfermer, s'il le faut ;
Quand elle veut gronder, crier encor plus haut ;
Et malgré tous les soins dont l'amour nous occupe,
Le plus fin, tel qu'il soit, en est toûjours la dupe.

ALBERT.

Nous fommes un peu Grecs fur ces matieres-là.
Qui pourra m'attraper bien habile fera.
Chaque jour là-dedans j'invente quelque adreffe
Pour mieux déconcerter leur rufe & leur fineffe.
Ma foy, vous aurez beau, Meffieurs leurs Partifans,
Debonnaires Maris, doucereux Courtifans,
Abbez blonds & mufquez, qui cherchez par la Ville
Des femmes dont l'époux foit d'un accés facile;
Publier que je fuis un brutal, un jaloux;
Dans le fond de mon cœur je me riray de vous.

ERASTE.

Quand vous feriez jaloux, devez-vous vous deffendre,
Pour avoir plus qu'un autre un cœur fenfible & tendre?
Sans être un peu jaloux, on ne peut être Amant.
Bien des gens cependant raifonnent autrement.
Un jaloux, difent-ils, qui fans ceffe querelle,
Eft plûtôt le Tyran, que l'Amant d'une Belle.
Sans relâche agité de fureur & d'ennuy,
Il ne met fon plaifir que dans le mal d'autruy.
Infupportable à tous, odieux à luy-même,
Chacun à le tromper met fon plaifir extrême,
Et voudroit qu'on permît d'étouffer un jaloux,
Comme un monftre échappé de l'Enfer en couroux.
C'eft dans le monde ainfi qu'on parle d'ordinaire:
Mais pour moy, je foutiens un parti tout contraire,
Et dis qu'un galant homme, & qui fait tant d'aimer,
Par de jaloux tranfports peut fe voir animer,
Ceder à ce penchant; & qu'il faut dans la vie
Affaifonner l'amour d'un peu de jaloufie.

ALBERT.

Certes, vous me charmez, Monfieur, par votre ef-
prit.
Je voudrois pour beaucoup que cela fût écrit,
Pour le montrer aux fots qui blâment ma maniere.

CRISPIN.

Entrons chez vous, Monfieur. Là, pour vous fatifaire,
Je vous l'écriray tout, fans qu'il vous coûte rien.

ALBERT *l'arrêtant.*

Je vous suis obligé, je m'en souviendray bien.
Vous n'avez pas, je crois, autre chose à me dire.
Voila votre chemin, adieu, je me retire.
Que le Ciel vous maintienne en ces bons sentimens,
Et ne demeurez pas en ce lieu plus long-temps.

# SCENE V.

## LISETTE, ERASTE, ALBERT, CRISPIN.

### LISETTE.

AU secours! aux voisins! quel accident terrible!
Quelle triste avanture! Ah, Ciel! est-il possible?
Pauvre Seigneur Albert! que vas-tu devenir?
Le coup est trop mortel, je n'en puis revenir.

ALBERT.

Qu'est-il donc arrivé?

LISETTE.

La plus rude disgrace. . . .

ALBERT.

Mais encor faut-il bien sçavoir ce qui se passe.

LISETTE.

Agathe . . . .

ERASTE.

Hé bien, Agathe? . . .

LISETTE.

Agathe en ce moment
Vient de devenir folle, & tout subitement.

ALBERT.

Agathe est folle?

F v.

ERASTE.

Ah ! Ciel !

ALBERT.

Cela n'eſt pas croyable.

LISETTE.

Ah, Monſieur, ce malheur n'eſt que trop veritable.
Quand par votre ordre exprés elle a veu travailler
Ce maudit Serrurier, venu pour nous griller ;
Quelle a veu ces barreaux, & ces grilles paroître,
Dont ce noir forgeron condamnoit ſa fenêtre,
J'ay dans le même inſtant veu ſes yeux s'égarer,
Et ſon eſprit frappé ſoudain s'évaporer.
Elle tient des diſcours remplis d'extravagance.
Elle court, elle grimpe, elle chante, elle danſe,
Elle prend un habit, puis le change ſoudain
Avec ce qu'elle peut rencontrer ſous ſa main.
Tout-à-l'heure elle a mis, dans votre garderobe,
Votre large calotte, & votre grande robe ;
Puis prenant ſa guitarre, elle a de ſa façon
Chanté differens airs en different jargon.
Enfin c'eſt cent fois pis que je ne puis vous dire.
On ne peut s'empêcher d'en pleurer & d'en rire.

ERASTE.

Qu'entens-je, juſte Ciel !

ALBERT.

Quel funeſte malheur !

LISETTE.

De ce triſte accident vous êtes ſeul l'auteur ;
Et voila ce que c'eſt que d'enfermer les filles.

ALBERT.

Maudite prévoyance, & malheureuſes grilles !

LISETTE.

J'ay voulu dans ſa chambre un moment l'enfermer ;
C'étoit des hurlemens qu'on ne peut exprimer.
De rage elle battoit les murs avec ſa tête.
J'ay dit qu'on ouvre tout, & qu'aucun ne l'arrête,
Mais je la vois venir. Helas ! à tout moment.
Elle change de forme & de déguiſement.

## SCENE VI.

### ALBERT, ERASTE, AGATHE, LISETTE, CRISPIN.

AGATHE *en habit de Scaramouche, avec une guitare, faisant le Musicien.*

Toute la nuit entiere,
    Un vieux vilain matou
Me guette sur la goutiere.
    Ah qu'il est fou !
Ne se peut-il point faire
Qu'il s'y rompe le cou ?

ERASTE.
Malgré son mal, Crispin, l'aimable & doux visage,

CRISPIN.
Je l'aimerois encor mieux qu'une autre plus sage.

AGATHE *chantant.*
Ne se peut-il point faire
Qu'il s'y rompe le cou ?
Vous êtes du mêtier ? Musiciens, s'entend ?
Fort vains, fort alterez, fort peu d'argent comptant ?
Je suis, ainsi que vous, membre de la Musique,
Enfant de Ge re sol ; & de plus, je m'en pique.
D'un bout du monde à l'autre on vante mon talent.
Sur un certain Duo que je trouve excellent,
Parce qu'il est de moy, je veux sans complaisance
Que chacun de vous deux m'en dise ce qu'il pense.

ALBERT.
Ah, ma chere Lisette ! Elle a perdu l'esprit.

LISETTE.
Qui le sçait mieux que moy ? ne vous l'ay-je pas dit ?

F vj

( *Agathe chante un petit Prélude.* )

CRISPIN.

Ce qui m'en plaift , Monfieur , fa folie eft gaillarde.

ALBERT.

Elle a les yeux troublez , & la mine hagarde.

AGATHE *préfente une main à Albert,*
*qu'elle fecouë rudement , & laiffe baifer*
*l'autre à Erafte.*

J'aime les gens de l'Art. Touchez-là , touchez-là.
L'air que vous entendrez eft fait en A mi la.
C'eft mon ton favori : la Mufique en eft vive,
Bizarre , petulante , & fort recreative ;
Les mouvemens legers , nouveaux, vifs, & preffez.
L'on m'envoya chercher un de ces jours paffez,
Pour détremper un peu l'humeur mélancolique
D'un homme dés long-temps au lit paralytique.
Dés que j'eus mis en chant un certain Rigaudon,
Trois fages Medecins venus dans la maifon,
La Garde , le Malade , un vieil Apoticaire
Qui venoit d'exercer fon grave miniftere,
Sans refpect du Metier , fe prenant par la main,
Se mirent à danfer jufques au lendemain.

CRISPIN.

Voir une Faculté faire en rond une danfe,
Et fortir dans la ruë ainfi tous en cadence ,
Cela doit être beau , Monfieur !

ERASTE.

Quoy, malheureux ?
Tu peux rire , & la voir en ce defordre affreux ?

AGATHE.

Attendez , doucement ; mon Demon de Mufique
M'agite , me faifit ; je tiens du Cromatique.
Les cheveux à la tête en drefferont d'horreur.
Ne troub'ez pas le Dieu qui me met en fureur.
Je fens qu'en tons heureux ma verve fe degorge.

( *Elle touffe beaucoup , & cache au nez d'Albert.*
Pouah. C'eft un diœfis que j'avois dans la gorge.

Or donc , dans le Duo dont il est question ,
Vous y verrez du vif , & de la passion.
Je reüssis des mieux & dans l'un & dans l'autre.
Voila votre partie ; & vous , voila la vostre.
  ( *Elle donne un papier de musique à Albert , & une*
*Lettre à Eraste , & tousse pour se preparer à chanter.* )

#### CRISPIN.

Ecartons-nous un peu , je crains les diœsis.

#### LISETTE.

Nous entendrons bien-tôt de beaux charivaris.

#### ALBERT.

Agathe , mon enfant , ton erreur est extrême.
Je suis Seigneur Albert , qui te cheris , qui t'aime.

#### AGATHE.

Parbleu , vous chanterez

#### ALBERT.

       Hé bien , je chanteray ;
Et si c'est ton desir encor , je danseray.

#### ERASTE *ouvrant son papier.*

Une Lettre , Crispin !

#### CRISPIN.

     Ah Ciel ! quelle avanture:
Le Maistre de musique entend la tablature.

#### AGATHE.

C a , comptez bien vos temps , pour partir cette fois.
C'est vous qui commencez , allons viste. Un , deux ,
   trois.

  ( *Elle donne un coup du papier dont elle bat la me-*
*sure , sur la téte d'Albert , & frappe du pied sur*
*le sien avec colere.* )

Partez donc , partez donc , Musicien barbare ,
Ignorant par nature , ainsi que par bé care.
Quelle rauque grenoüille , au milieu de ses joncs ,
T'a donné de ton Art les premieres leçons ?
Sçais-tu dans un concert ou croacer ou braire ?

#### ALBERT.

Je vous ay déja dit , sans vouloir vous déplaire ,

Que je n'ay point l'honneur d'être Muficien.

**AGATHE.**

Pourquoy donc, ignorant, viens-tu, ne fçachant
    rien,
Interrompre un concert où ta feule prefence
Caufe des contre-temps & de la difcordance ?
Vit-on jamais un âne effayer des bé mols,
Et fe mefler aux chants des tendres Roffignols ?
Jamais un noir corbeau de malheureux préfage,
Troubla-t-il des Serains l'agreable ramage :
Et jamais dans les bois un finiftre hibou,
Pour chanter en concert fortit-il de fon trou ?
Tu n'es & ne feras qu'un fot, toute ta vie.

**CRISPIN.**

Mon maiftre, comme il faut chantera fa partie.
J'en fuis fa caution.

**AGATHE.**

             Il faut que dés ce foir,
Dans une ferenade il montre fon fçavoir ;
Qu'il faffe une Mufique & prompte, & vive & tendre,
Qui m'enleve.

**LISETTE à Crifpin.**

Entens-tu ?

**CRISPIN**

           Je commence à compréndre.
C'eft .... comme qui diroit une fugue.

**AGATHE.**

                   D'accord.

**CRISPIN.**

Une fugue, en mufique, eft un morceau bien fort,
Et qui coûte beaucoup. ( bas ) Nous n'avons pas un
    double.

**AGATHE**

Nous pourvoirons à tout, qu'aucun foin ne vous
    trouble.

**ERASTE.**

Vous verrez que je fuis un homme de concert,
Et que je fçay de plus chanter à livre ouvert.

AGATHE *s'en va, chantant l'air Italien qui suit,*

*Lucelleto*
*No non è matto ;*
*Chi cercando di qua di la ,*
*Va trovando la libertà ,*
*Ut re mi , re mi fa ,*
*Mi fa sol , fa sol la ,*

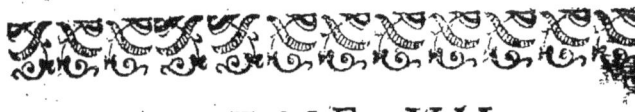

*Al dispetto*
*D'un vechio bruto ,*
*E cercando di qua di la ,*
*Lucelleto si salvera :*
*Ut re mi , re mi fa ,*
*Mi fa sol , fa sol la.*

### ALBERT.

Lisette, suivons la , voyons s'il est possible
D'apporter du remede à ce malheur terrible.

### LISETTE.

Ma pauvre maîtresse ! Ah ! J'ay le cœur si saisi
Je croy que je m'en vais devenir folle aussi.

# SCENE VII.

## ERASTE, CRISPIN.

### ERASTE *ouvrant la Lettre.*

IL est entré. Lisons....

*Vous serez surpris du party que je prens ; mais l'es-*
*clavage où je me trouve , devenant plus dur chaque*
*jour, j'ay crû qu'il m'étoit permis de tout entreprendre.*
*Vous de vôtre côté , essayez tout pour me délivrer de la*

*tyrannie d'un homme que je hais autant que je vous*
*aime.*

ERASTE.

Que dis-tu, je te prie,
De tout ce que tu vois, & de cette folie ?

CRISPIN.

J'admire les ressorts de l'esprit feminin,
Quand il est agité de l'amoureux Lutin.

ERASTE.

Il faut que cette nuit, sans plus longue remise,
Nous faffions éclater quelque noble entreprise,
Et que nous l'arrachions, Crispin, d'un joug si dur.

CRISPIN.

Vous voulez l'enlever ?

ERASTE.

Ce seroit le plus seur,
Et le plus prompt.

CRISPIN.

D'accord. Mais, vous rendant service,
Je crains aprés cela ...

ERASTE.

Que crains-tu ?

CRISPIN.

La Justice.

ERASTE.

C'est pour nous épouser.

CRISPIN.

C'est fort bien entendu.
Vous serez épousez ; moy, je seray pendu.

ERASTE.

Il me vient un dessein ... Tu connois bien Clitandre ?

CRISPIN.

Ouy da.

ERASTE.

D'un tel amy nous pouvons tout attendre.
Son Château n'est pas loin. C'est chez luy que je veux
Me choisir un azile en partant de ces lieux.
Là, bravant du jaloux le depit & la rage,

Nous diſpoſerons tout pour notre mariage.
La joye & les plaiſirs regnent dans ce ſejour,
Et nous y conduirons & l'Hymen & l'Amour.

# SCENE VIII.

## ALBERT, ERASTE, CRISPIN.

### ALBERT.

AH, Monſieur, excuſez l'ennuy qui me poſſede,
Je reviens ſur mes pas pour chercher du remede,
Cet homme eſt à vous ?

### ERASTE.
Ouy,

### ALBERT.
De grace, ordonnez-luy
Qu'il veüille à mon ſecours s'employer aujourd'huy.

### ERASTE.
Et que peut-il pour vous ? Parlez.

### ALBERT.
De ſa ſcience
Il a daigné tantôt me faire confidence,
Il a mille ſecrets pour guerir bien des maux.
Peut-être en a-t-il un pour les foibles cerveaux.

### CRISPIN.
Ouy, ouy, j'en ay plus d'un, dont l'effet ſalutaire.
Mais vous m'avez tantoſt traité d'une maniere…

### ALBERT.
Ah Monſieur !

### CRISPIN.
Refuſer, lorſqu'on vous en prioit,
De dire le chemin, & l'heure qu'il étoit !

### ALBERT.
Pardonnez mon erreur.

CRISPIN.

En nul lieu, de ma vie,
On ne me fit tel tour, pàs même en Barbarie.

ALBERT.

Pourrez-vous sans pitié voir éteindre les jours
D'un objet si charmant, sans luy donner secours?
Monsieur, parlez pour moy.

ERASTE.

Crispin, je t'en conjure,
Tâche à guerir le mal que cette Belle endure.

CRISPIN.

J'immole encor pour vous tout mon ressentiment.
Ouy, je veux la guerir, & radicalement.

ALBERT.

Quoy vous pourriez ?...

CRISPIN.

Rentrez. Je vas voir dans mon Livre
Le remede qu'il est plus à propos de suivre.
Vous me verrez tantôt dans l'operation.

ALBERT.

Je ne puis exprimer mon obligation.
Mais aussi soyez seur que mon bien, & ma vie...

CRISPIN.

Allez, je ne veux rien, qu'elle ne soit guerie.

# SCENE XI.

## ERASTE, CRISPIN.

### ERASTE.

Que veut dire cela ? Par quel heureux destin
Es-tu donc à ses yeux devenu Medecin?

## CRISPIN.

Ma foy, je n'en sçay rien. Ce que je puis vous dire,
C'est que tantôt sa veuë ayant sçû m'interdire,
Pour cacher mon dessein, & me déguiser mieux,
J'ay dit que je cherchois des simples dans ces lieux;
Que j'avois pour tous maux des secrets admirables;
Et faisois tous les jours des cures incurables;
Et voila justement ce qui fait son erreur.

## ERASTE.

Il en faut profiter. Je ressens dans mon cœur
Renaître en ce moment l'esperance & la joye.
Allons nous consuler, & voir par quelle voye
Nous pourrons reüssir dans nos nobles projets,
Et ferons éclater ton art & tes secrets.

## CRISPIN.

Moy, je suis prêt à tout : mais il est inutile
D'entreprendre un projet, sans ce premier mobile.
Nous sommes sans argent, qui nous en donnera?

## ERASTE *montrant sa lettre.*

L'amour y pourvoira.

## CRISPIN.

L'amour y pourvoira?
Il semble à ces Messieurs, dans leur maniere étrange,
Que leurs billets d'amour soient des Lettres de change.

*Fin du second Acte.*

# ACTE III.

## SCENE PREMIERE.

### ERASTE seul.

E ne puis revenir de tout ce que j'entens.
Qu'une fille a d'esprit, de raison, de bons sens,
Quand l'amour une fois s'emparant de son ame,
Luy peut communiquer son genie & sa flamme !
De mon côté, j'ay pris, ainsi que je le dois,
Tous les soins que l'amour peut attendre de moy.
Crispin est averty de tout ce qu'il faut faire.
Quelque secours d'argent nous seroit necessaire.

## SCENE II.

### ALBERT, ERASTE,

#### ALBERT.

JE ne puis demeurer en place un seul moment.
Je vais, je viens, je cours, tout accroît mon
    tourment.
Prés d'elle, mon esprit, comme le sien, se trouble ;
Son accés de folie à chaque instant redouble.
Ah Monsieur ! suis-je assez au rang de vos amis,
Pour m'aider du secours que vous m'avez promis ?
Cet homme qui tantôt m'a vanté sa science,
Veut-il de ses secrets faire l'experience ?
En l'état où je suis je dois tout accorder,
Et lorsque l'on perd tout, on peut tout hazarder.

#### ERASTE.

Je me fais un plaisir de rendre un bon office.
On se doit en tout temps l'un à l'autre service.
La malade aujourd'huy m'a fait trop de pitié,
Pour ne vous pas donner ces marques d'amitié.
L'Homme dont il s'agit en ces lieux doit se rendre.
J'ay voulu sur le mal le sonder & l'entendre :
Mais il m'en a parlé dans des termes si nets,
En m'en dévelopant la cause & les effets,
Qu'en verité je crois qu'il en sçait plus qu'un autre.

#### ALBERT.

Quel service, Monsieur, peut être égal au vôtre ?
Comme le Ciel envoye icy, sans y songer,
Cet honnête personne exprés pour m'obliger !

#### ERASTE.

Je ne garantis point sa science profonde,

Vous fçavez que ces gens venus du bout du monde,
Pour tout genre de maux apportent des trefors.
C'eft beaucoup s'ils n'ont pas reffufcité des morts.
Mais fi l'on peut juger de tout ce qu'il peut faire
Pour tout ce qu'il m'a dit., cet homme eft votre
    affaire.
Il ne veut que la fin du jour pour tout délay.
Si vous le fouhaittez vous en ferez l'effay.
D'un office d'amy fimplement je m'acquitte.

ALBERT.

Je fuis perfuadé, Monfieur, de fon merite.
Nous voyons tous les jours de ces fortes de gens
Apprendre, en voyageant, des fecrets furprenants.

SCENE III.

LISETTE, AGATHE en Vieille,<br>ERASTE, ALBERT.

LISETTE.

AH Ciel ! vous allez voir bien un autre folie,
Si cela dure encore, il faudra qu'on la lie,

AGATHE.

Bon jour, mes doux amis, Dieu vous gard, mes enfans.
Hé bien ? qu'eft-ce ? comment paffez-vous votre
    temps ?
Que le Ciel pour long-temps la fanté vous envoye,
Vous conferve gaillards, & vous maintienne en joye,
Le chagrin ne vaut rien, & ronge les efprits.
Il faut fe divertir, c'eft moy qui vous le dis.

ERASTE.

Je la trouve charmante; & malgré fa vieilleffe,
On trouveroit encor des retours de jeuneffe.

AGATHE.

Ho ! vous me regardez ! vous êtes ébobis
De me trouver si fraîche , avec des cheveux gris.
Je me porte encor mieux que tous tant que vous êtes.
Je fais quatre repas , & je lis sans lunettes
Je sirotte mon vin , tel qu'il soit , vieux , nouveau ,
Je fais rubi sur l'ongle , & n'y mets jamais d'eau.
Je vuide gentiment mes deux bouteilles.

LISETTE.

Peste !

AGATHE.

Ouy , vrayment du Champagne ; encor, sans qu'il en
reste.
On peut voir dans ma bouche encor toutes mes dents.
J'ay pourtant, voyez- vous, quatre-vingt- dix-huit ans ,
Vienne la Saint-Martin.

LISETTE.

La jeunesse est complette.

AGATHE

Tout autant : mais je suis encore verdeette ,
Et je ne laisse pas , à l'âge où me voila
D'avoir des serviteurs , & qui m'en comprent , da.
Mais vois-tu , mon amy , veux tu que je te dise ,
Les hommes d'aujourd'huy , c'est pietre marchandise :
Ils ne vallent plus rien ; & pour en ramasser,
Tiens , je ne voudrois pas seulement me baisser.

ERASTE.

De ces vapeurs souvent est elle travaillée ?

ALBERT.

Helas , jamais. Il faut qu'on l'ait ensorcelée.

AGATHE.

A mon âge , je vaux encor mon pesant d'or.
Les enfans cependant m'ont beaucoup fait de tort.
Je ne paroitrois pas la moitié de mon âge ,
Si l'on ne m'avoit mise à treize ans en menage.
C'est tuer la jeunesse , à vous en parler franc ,
Que la mettre si-tôt en un peril si grand.
Je ne me souviens pas d'avoir presque été fille.

A vous dire le vray, j'étois affez gentille.
A vingt-fept ans, j'avois déja quatorze enfans.

LISETTE.

Quelle fecondité ! quatorze !

AGATHE.

                                    Ouy, tout groüillans,
Et tous garçons encor, je n'en avois point d'autres,
Et n'en voyois aucuns tournez comme les nôtres.
Mais ce font des fripons, & qui finiront mal.
Les malheureux voudroient me voir à l'hopital.
Croiriez-vous que depuis la mort de feu leur pere,
Ils m'ont jufqu'à prefent chicanné mon doüaire ?
Un doüaire gagné fi legitimement !

ALBERT.

Helas ! peut-on plus loin poufler l'égarement ?

LISETTE à part.

La friponne, ma foy, joue à charmer fes rôlles.

AGATHE.

J'aurois tres-grand befoin de quelques cent piftoles.
Pretez-les moy, Monfieur, pour furvenir aux frais,
Et pour faire juger ce malheureux procés.

ALBERT.

Tu réves, mon enfant : mais pour te fatisfaire,
J'avanceray les frais, & j'en fais mon affaire.

AGATHE.

Si je n'ay cet argent, ce jour, en mon pouvoir,
Mon unique recours fera le defefpoir.

ALBERT.

Mais fonge, mon enfant ..

AGATHE.

                                    Vous êtes honnête homme,
Ne me refufez pas de grace cette fomme.

ALBERT.

Je veux flatter fon mal

ERASTE.

                                    Vous ferez fagement.
Il ne faut pas, de front, heurter fon fentiment.

LISETTE.

**LISETTE.**

Si vous luy resistez, elle est fille, peut-être,
A s'aller de ce pas jetter par la fenêtre.

**ALBERT.**

D'accord.

**LISETTE.**

Il me souvient que vous avez tantôt
Receu ces cent Louis, ou du moins peu s'en faut.
Quel risque à ses desirs de vouloir condescendre ?

**ALBERT.**

Il est vray qu'à l'instant je pourray luy reprendre.
Tien, voila cet argent : va, puissent au procés
Ces cent Louis pretez donner un bon succés !

**AGATHE** *prenant la bource.*

Je suis seure à present du gain de notre affaire.
Mais ce secours m'étoit tout-à-fait necessaire.
Donne à mon Procureur, Lisette, cet argent,
Je crois qu'à me servir il sera diligent.

**LISETTE.**

Il n'y manquera pas.

**ERASTE.**

Comptez aussi, Madame,
Que je veux vous servir, & de toute mon ame.

**AGATHE.**

Je reviens sur mes pas en habit plus décent,
Pour aller avec vous, dans ce besoin pressant,
Solliciter mon Juge, & demander justice.
Adieu. Qu'un jour le Ciel vous rende ce service !
Qu'une veuve est à plaindre, & qu'elle a le de tourmens,
Quand elle a mis un jour de méchants garnemens !

**LISETTE** *bas à Eraste.*

Voila de quoy, Monsieur, avancer votre affaire.

**ERASTE.**

J'auray soin du procés, je sçay ce qu'il faut faire.

**ALBERT** *à Lisette.*

Prens bien garde à l'argent.

G

LISETTE.

N'ayez point de chagrin.
J'en répons corps pour corps , il est en bonne main.

# SCENE IV.

## ALBERT , ERASTE.

### ALBERT.

Vous voyez à quel point cette folie augmente.
Votre homme ne vient point , & je m'impa-
tiente.

### ERASTE.

Je ne sçay qui l'arreste. Il devroit estre icy.
Mais je le voy qui vient , n'ayez plus de soucy.

# SCENE V.

## ALBERT, ERASTE, CRISPIN.

### ALBERT.

EH Monsieur, venez donc. Avec impatience,
Tous deux nous attendons icy votre presence.

### CRISPIN.

Un sçavant Philosophe a dit élegamment :
Dans tout ce que tu fais , hâte-toy lentement.
J'ay depuis peu de temps pourtant bien fait des cho-
ses ,

pour ſçavoir ſi le mal dont nous cherchons les cauſes,
Reſide dans la baſſe ou haute region.
Hipocrate dit ouy , mais Galien dit non ;
Et pour mettre d'accord ces deux Meſſieurs enſemble,
Je n'ay pas , pour venir , trop tardé, ce me ſemble.

### ALBERT.

Vous voyez donc , Monſieur , d'où procede ſon mal?

### CRISPIN.

Je le vois auſſi net qu'à travers un criſtal.

### ALBERT.

Tant mieux. Vous ſçaurez que depuis tantoſt, la Belle
Sent toujours de ſon mal quelque criſe nouvelle.
En ces lieux écartez n'ayant nuls Medecins ,
Monſieur m'a conſeillé de la mettre en vos mains.

### CRISPIN.

Sans doute elle ſeroit beaucoup mieux dans les
ſiennes;
Mais j'eſpere employer utilement mes peines.

### ALBERT.

Vous avez donc guery de ces maux quelquefois?

### CRISPIN.

Moy? ſi j'en ay guery ? Ah vrayment , je le crois!
Il entre dans mon Art quelque peu de magie.
Avec trois mots qu'un Juif m'appri en Arabie ,
Je gueris une fois l'Infante de Congo ,
Qui vrayment avoit bien un autre vertigo.
Je laiſſe aux Medecins exercer leur ſcience
Sur les maux dont le corps reſſent la violence :
Mais l'objet de mon Art eſt plus noble , il guerit
Tous les maux que l'on voit s'attaquer à l'eſprit.
Je voudrois qu'à la fois vous fuſſiez maniaque ,
Attrabilaire , fou , même hypocondriaque ;
Pour avoir le plaiſir de vous rendre demain ,
Sage comme je ſuis , & de corps auſſi ſain.

### ALBERT

Je vous ſuis obligé , Monſieur , d'un ſi grand zele.

### CRISPIN.

Sans perdre plus de temps , entrons chez cette Belle.

G ij

ALBERT *l'arrétant.*

Non , s'il vous plaift , Monfieur , il n'en eft pas befoin,
Et de vous l'amener je vais prendre le foin.

# SCENE VI.

## ERASTE , CRISPIN.

### ERASTE.

Tout va bien , la fortune à nos vœux s'intereffe,
    Agathe en ton abfence, avec un tour d'adreffe,
A fçu tirer d'Albert ces cent Louis comptans.

### CRISPIN.

Comment donc ?

### ERASTE.

        Tu fçauras le tout avec le temps.
Nous ayons maintenant , fans chercher davantage,
Dequoy fauver Agathe , & nous mettre en voyage.
Pourvû qu'un feul moment nous puiffions écarter
Ce malheureux Albert qui ne la peut quitter.
Tant qu'il fuivra fes pas , nous ne fçaurions rien faire,

### CRISPIN.

Repofez-vous fur moy , je repouds de l'affaire,
Vous avez de l'efprit , je ne fuis pas un fot,
Et la fauffe Malade entend à demy mot.

### ERASTE.

J'imagine un moyen des plus fous : mais qu'importe?
La piece en vaudra mieux, plus elle fera forte.
Il faut convaincre Albert , qu'avec de certains mots,
Ainfi que tu l'as dit déja fort à propos,
Tu pourrois la guerir de cette maladie,
Si quelqu'autre vouloit prendre la frenefie.
Je m'offriray d'abord à tous événemens,

Laiſſe-moy faire aprés le reſte ſeulement ;
Va, de ſi belle peur le Vieillard ne trépaſſe,
Il faudra pour le moins qu'il nous quitte la place.

CRISPIN.

Mais comment voulez-vous qu'Agathe à ce deſſein,
Sans en avoir rien ſçû, puiſſe prêter la main ?

ERASTE

Je l'inſtruiray de tout, je t'en donne parole ;
Mais ſonge ſeulement à bien joüer ton rôle ;
Et lors que dans ces lieux Agathe reviendra,
Amuſe le Vieillard du mieux qu'il ſe pourra,
Pour me donner le temps d'expliquer le myſtere ;
Et luy dire en deux mots ce qu'elle devra faire.
Albert ne peut tarder, mais je le vois qui ſort.

CRISPIN.

Dieu conduiſe la barque, & la mette à bon port !

# SCENE VII.

## LISETTE, ERASTE, ALBERT, CRISPIN.

### ALBERT.

AH, Meſſieurs ! ſa folie à chaque inſtant aug-
mente.
Un tranſport martial à preſent la tourmente.
De l'habit dont jadis elle couroit le bal,
Elle s'eſt miſe en homme, à cet accés fatal.
Elle a pris auſſi-tôt un attirail de guerre,
Un bonnet de dragon, un large cimeterre.
Elle ne parle plus que de ſang, de combats ;
Mon argent doit ſervir à lever ſes ſoldats,
Elle veut m'enrôller.

Giij

## SCENE VIII.

### ALBERT, ERASTE, AGATHE, LISETTE, CRISPIN.

AGATHE *en jufte-au-corps & bonnet de Dragon.*

Morbleu, vive la guerre !
Je ne puis plus refter inutile fur terre.
Mon équipage eft preft. Ah Marquis ! en ce lieu
Je te trouve à propos, & viens te dire adieu.
J'ay trouvé de l'argent pour faire ma Campagne,
Et cette nuit enfin je pars pour l'Allemagne.

ALBERT.

Ciel ! quel égarement !

AGATHE.

Parbleu, les Officiers
Sont malheureux d'avoir affaire aux Ufuriers.
Pour tirer de leurs mains cent mauvaifes piftoles,
Il faut plus s'intriguer, & plus jouer de rôlles.
Celuy qui m'a prêté fon argent, je le tien
Pour le plus grand coquin, le plus Juif, le plus
chien
Que l'on puiffe trouver en affaires pareilles.
Je voudrois que quelqu'un m'apportât fes oreilles,
Enfin me voila preft d'aller fervir le Roy,
Il ne tiendra qu'à toy de partir avec moy.

ERASTE.

Par tout où vous irez je fuis de la partie.
( à *Albert* ) Il faut avec prudence entrer dans fa
manie.

AGATHE.

Je quitte avec plaifir l'étendart de l'amour.
Je puis fous fes drapeaux aller loin quelque jour.

J'ay mille qualitez, de l'esprit, des manieres,
Je sçay l'art de reduire aisément les plus fieres.
Mais quoy ? que voulez-vous ? Je ne suis point leur
    fait ;
Le beau sexe sur moy ne fit jamais d'effet.
La gloire est mon penchant. Cette gloire inhumaine,
A son char éclatant en esclave m'enchaîne
Ce pauvre sexe meurt & d'amour & d'ennuy,
Sans que je sois tenté de rien faire pour luy.
Plus de délay ; je cours où la gloire m'appelle.
Amene mes chevaux, l'occasion est belle,
Partons, courons, volons.

CRISPIN.
                    Je ne la quitte pas ;
Et suis prest à la suivre au milieu des combats.
    ( *Albert surprend Eraste parlant bas à Agathe.* )

ERASTE.
J'examinois ses yeux. A ce qu'on peut comprendre,
Quelque accés violent sans doute va la prendre,
Lequel sera suivi d'un assoupissement.
Ordonnez qu'on apporte un fauteuil vîtement.

AGATHE.
Qu'il me tarde déja d'estre au champ de la gloire !
D'aller aux ennemis arracher la victoire !
Que de veuves en deuil ! que d'amantes en pleurs !
Enfans, suivez-moy tous, ranimez vos ardeurs.
Je vois dans vos regards briller votre courage.
Que tout ressente icy l'horreur & le carnage.
La bayonnette au bout du fusil. Ferme, bon,
Frappez, serrez vos rangs, percez cet Escadron.
Les coquins n'oseroient soutenir notre veue.
Ah marauts, vous fuyez ? Non, point de quartier,
    tue.
    ( *Elle tombe pâmée dans un fauteuil.* )

CRISPIN.
En peu de temps voila bien du sang repandu.

ALBERT.
Sans espoir de retour elle a l'esprit perdu.

                                G iiij

CRISPIN.

Tout se prepare bien , je la vois qui repose.
Son mal , à mon avis , ne provient d'autre chose,
Que d'une humeur contrainte , nn esprit irrité,
Qui veut avec effort se mettre en liberté.
Quelque demon d'amour a saisi son idée.

LISETTE.

Comment ? la pauvre fille est-elle possedée ?

CRISPIN.

Ce démon violent dont il la faut sauver,
Est bien fort , & pourroit dans peu nous l'enlever.
Si j'avois un sujet , dans cette maladie,
En qui je fisse entrer cette esprit de folie ,
Je vous répondrois bien . . . .

ALBERT.

Lisette est un sujet,
Qui sans aller plus loin vous servira d'objet.

LISETTE.

Je vous baise les mains , & vous donne parole
Que je n'en feray rien. Je ne suis que trop folle.

ERASTE.

Hâtez-vous donc. Son mal augmente à chaque inftant.

CRISPIN.

Malepeste ! cecy n'est pas un jeu d'enfant.
On ne sçauroit agir avec trop de prudence.
Quand dans le corps d'un homme un démon prend
séance ,
Je puis , sans me flater , l'en tirer aisément :
Mais dans un corps femelle , il tient bien autrement.

ERASTE à *Albert.*

Pour sçavoir aujourd'huy jusqu'où va sa science,
Je veux bien me livrer à son experience.
Je commence à douter de l'effet ; & je croy
Qu'il s'est voulu mocquer & de vous & de moy.
Je veux l'embarasser.

### CRISPIN.

Moy , je veux vous confondre,
Et vous mettre en état de ne pouvoir repondre.
Mettez-vous auprés d'elle. Et non , comme cela ,
Un genou contre terre , & vous , tenez-bien , là,
Toujours fur fes beaux yeux votre veue affeurée ,
Votre main dans la fienne étroitement ferrée.
( à *Albert* ) Ne confentez-vous pas qu'il luy donne la
main ,
Pour que l'attraction fe faffe plus foudain ?

### ALBERT.

Ouy , je confens à tout.

### CRISPIN.

Tant mieux. Sans plus attendre
Vous verrez un effet qui pourra vous furprendre.
*Crifpin fait quelques cercles avec fa baguette fur les
deux Amans , en difant :*

### MICROC SALAM HIPOCRATA.

### AGATHE *fe levant de fon fauteüil.*

Ciel ! quel nuage épais fe diffipe à mes yeux ?

### ERASTE.

Quelle fombre vapeur vient obfcurcir ces lieux ?

### AGATHE.

Quel calme en mon efprit vient fucceder au trouble ?

### ERASTE.

Quel tumulte confus dans mes fens fe redouble ?
Quels abîmes profonds s'entrouvent fous mes pas ?
Quel dragon me pourfuit ? Ah traître tu mourras.
D'un monftre tel que toy, je veux purger le monde.
( *Erafte pourfuit Albert l'épée à la main , Crifpin
fe met au devant.* )

### CRISPIN.

Ah, Monfieur ! évitez fa rage furibonde.
Sauvez-vous , fauvez-vous.

### ERASTE.

Laiffez-moy , de fon flanc ,
Tirer des flots mêlez de poifon & de fang.

G v

CRISPIN r. tenant Eraste.

Aux accés violens dont son cœur se transporte,
Je voy que j'ay donné la doze un peu trop forte.

ERASTE.

Je le veux immoler à ma juste fureur.

CRISPIN.

N'auriez-vous point chez vous quelque forte liqueur,
Du bon esprit de vin, des goutes d'Angleterre,
Pour calmer cet esprit & ces vapeurs de guerre ?
Il s'en va m'échapper.

ALBERT tirant 'a clef.

Ouy, j'ay ce qu'il luy faut.
Lisette, tien ma clef, va, cours vite là-haut ;
Prens la phiole où . . .

LISETTE.

Je crains, en ce desordre extrême,
De faire un qui pro quo, vous feriez mieux-vous même.

CRISPIN.

Courez donc au plûtôt Laisserez vous perir
Un homme qui pour vous s'est offert à mourir ?

LISETTE le poussant.

Allez vîte, allez donc.

ALBERT.

Je reviens tout à l'heure.

SCENE IX.

ERASTE, AGATHE, LISETTE,
CRISPIN.

ERASTE.

NE perdons point de temps, quittons cette demeure.
Ce bois nous favorise, Albert ne sçaura pas

De quel côté l'Amour aura tourné nos pas.
AGATHE.
Je mets entre vos mains & mon fort & ma vie.
LISETTE.
Vive, vive Crispin, & vivat la Folie !
Allons courir les champs, pour remplir notre fort,
Et le laissons tout seul exhaler son transport.

# SCENE DERNIERE.

ALBERT *seul, tenant une phiole à sa main.*

J'Apporte un Elixir d'une force étonnante.
Mais, je ne vois plus rien. Quel soupçon m'épou-
vante.
Lisette ? Agathe ? O Ciel tout est sourd à mes cris.
Que sont-ils devenus : Quel chemin ont-ils pris ?
Au voleur, à la force, au secours Je succombe.
Où marcher : où courir ? Je chancelle, je tombe.
Par leur feinte Folie ils m'ont enfin seduit ;
Et moy seul en ce jour j'avois perdu l'esprit.
Voila de mon amour la suite ridicule.
Ah! maudite bouteille, & vieillard trop credule !
Allons, suivons leurs pas, ne nous arrêtons plus.
Traitres de ravisseurs, vous serez tous pendus.
Et toy, sexe trompeur, plus à craindre sur terre,
Que le feu, que la faim, que la peste, & la guerre,
De tous les gens de bien tu dois être maudit ;
Je te rends pour jamais au diable qui te fit.

FIN.

G vj

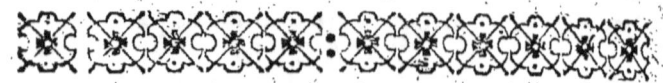

# *ACTEURS.*

**C**LITANDRE, Amy d'Eraste.

ERASTE, Amant d'Agathe.

AGATHE, Amante d'Eraste.

ALBERT.

LISETTE, Servante de Monsieur Albert.

CRISPIN, Valet d'Eraste.

MOMUS.

LA FOLIE.

LE CARNAVAL.

TROUPES DE GENS MASQUEZ.

UNE PAGODE.

# LE MARIAGE
# DE LA FOLIE,

## DIVERTISSEMENT
pour la Comedie des Folies amoureuses.

## SCENE PREMIERE.

### CLITANDRE, ERASTE.

#### CLITANDRE.

U ne pouvois, Amy, faire un plus digne
    choix.
Cette jeune Beauté ravit, enleve, en-
    chante,
Aux yeux de tout le monde elle est toute charmante,
Et je te trouve heureux de vivre sous ses loix.

#### ERASTE.

Je le suis d'autant plus, que selon mon attente,
Je retrouve toujours le même cœur en toy :
Un amy genereux, une ame bien-faisante,
Qui prend à mon bonheur la même part que moy ;
    Et l'accueil qu'icy je reçoy,

Eſt une faveur éclatante,
Que je reſſens comme je doy.

### CLITANDRE.

Point de compliment, je te prie,
Nous ſommes amis de long-temps,
Baniſſons la ceremonie.
Je ſuis ravy de t'avoir dans un temps,
Ou ſe trouve chez moy ſi bonne compagnie.
Attendant que tes feux ſoient tout-à-fait contens,
Pendant que votre hymen s'apprête,
A vous deſennuyer nous travaillerons tous,
Et nous honorerons la fête,
Des amuſemens les plus doux.

### ERASTE.

Tout reſpire chez toy la joye & l'allegreſſe,
Y peut-on manquer de plaiſirs?
A-t-on même le temps de former des deſirs?
De tous les environs la brillante jeuneſſe,
A te faire la cour donne tous ſes loiſirs.
Tu la reçois avec nobleſſe,
Grand'chére, vin delicieux,
Belle maiſon, liberté toute entiere,
Bals, concerts, enfin tout ce qui peut ſatisfaire
Le goût, les oreilles, les yeux.
Icy le moindre domeſtique
A du talent pour la muſique.
Chacun, d'un ſoin officieux,
A ce qui peut plaire s'applique.
Les hôtes même, en entrant au Château,
Semblent du Maiſtre épouſer le genie.
Toujours ſocieté choiſie;
Et ce qui me paroît ſurprenant & nouveau,
Grand monde & bonne compagnie.

### CLITANDRE.

Pour être heureux, je l'avoueray,
Je me ſuis fait une façon de vie
A qui le Souverains pourroient porter envie,
Et tant qu'il ſe pourra, je la continuray.

Selon mes revenus je regle ma dépense ;
Et je ne vivrois pas content ,
Si toujours en argent comptant ,
Je n'en avois au moins deux ans d'avance.
Les Dames , le jeu , ny le vin ,
Ne m'attachent point à moy-même ;
Et cependant je bois , je joüe , & j'aime.
Faire tout ce qu'on veut , vivre exempt de chagrin ,
Ne se rien refuser , voilà tout mon sistême ;
Et de mes jours ainsi j'attraperay la fin.

### ERASTE.
Sur ce pied là ton bonheur est extrême.
Heureux qui peut joüir d'un semblable destin !

### CLITANDRE.
J'en suis content : Mais que vous veut Cris-
pin ?
Comme le voilà fait !

# SCENE II.

## CLITANDRE, ERASTE, CRISPIN en habit de Medecin.

### ERASTE.

Que veux-tu ? Qui t'amene ?
Es-tu fou ?

### CRISPIN.
Non , Monsieur , mais je suis hors d'haleine.
Je n'en puis plus.

### ERASTE.
Hé bien ?

CRISPIN.

Voicy bien du fracas.

CLITANDRE.

Comment ?

CRISPIN.

Dans ce Château l'on a suivi nos pas.

ERASTE.

Ah Ciel !

CLITANDRE.

Ne craignez rien.

CRISPIN.

Aprés la belle Helene
Tant de monde ne courut pas.

ERASTE.

Traître ! de quoy ris-tu ? Dy.

CRISPIN.

De votre embarras.

ERASTE.

Prens-tu quelque plaisir à me tenir en peine ?
Qui nous a suivy ? Parle. Est-ce notre jaloux ?

CRISPIN.

Non pas , Monsieur, ce sont des folles & des fous,
Aux environs d'icy la campagne en est pleine ;
En grande bande ils viennent tous ;
Et Momus qui vous les amene ,
A fait de ce Château le lieu du rendez-vous.

ERASTE.

Mais toy-même es-tu fou ? Dy-le moy, je te prie.
Quel habit as tu là ? que viens-tu nous conter ?

CRISPIN.

Non par ma foy , Monsieur , ce n'est point réverie.
Le Carnaval, Momus, & la Folie
Viennent avec leur suite icy vous visiter.
Et j'ay crû devant eux devoir me presenter
En habit de ceremonie.
Suis-je bien ?

CLITANDRE.

C'est sans doute une galanterie,

Que quelqu'un de la Compagnie ,
Pour nous divertir mieux , a pris foin d'inventer.
Chacun, felon fon goût , chaque jour en fait naître.
Allons voir ce que ce peut être.

CRISPIN.

C'eft la Folie en propre original ,
Vous dit-on , de mes yeux moy-même je l'ay veuë ,
Nous l'avons rencontrée au bout de l'avenuë ,
Riant , danfant , chantant avec le Carnaval ,
Avec Momus , tous trois fuivis d'une cohuë.
Ho ! vous allez chez vous avoir un joly bal.

CLITANDRE.

C'eft juftement ce que je penfe.

CRISPIN.

On fent déja l'effet de fa puiffance.
Je ne vous diray point ny comment ny par où :
Mais je fçais bien qu'à fa feule prefence ,
Dans le Château tout eft devenu fou.

ERASTE.

Oh ! pour toy je vois bien que tu n'es pas trop fage.

CRISPIN.

Lifette que voilà ne l'eft pas davantage.

# SCENE III.

## CLITANDRE, ERASTE, CRISPIN, LISETTE.

### ERASTE.

Qu'eft-ce que tout cecy ?

LISETTE.

Me le demandez-vous ?

Que pourroit-ce être que la suite
De ce que la Folie a déja fait pour nous?
Par elle ma Maîtreſſe évite
L'hymen, & les fers d'un jaloux.
Elle a trouvé tant d'art, tant de merite
Dans cette heureuſe invention
Qui facilita notre fuite,
Que c'eſt par admiration
Qu'elle vient vous rendre viſite,
Avec un cortege de fous
Les plus divertiſſans de tous.
A la bien recevoir, Meſſieurs, on vous invite.
Juſqu'au jour de votre union,
Ma Maîtreſſe conſent d'être ſa favorite:
Mais ce n'eſt qu'à condition,
Que l'hymen fait, elle vous quitte.

### ERASTE.

Elle peut demeurer autant qu'il luy plaira.
Je n'ay de ſon pouvoir aucune défiance,
Et je prevois que ſa preſence,
En nous divertiſſant, même nous ſervira.

### CRISPIN.

Avec Momus la voicy qui s'avance.
Joye, honneur, ſalut, & ſilence.
*Marche fort courte pour Momus, & la Folie.*

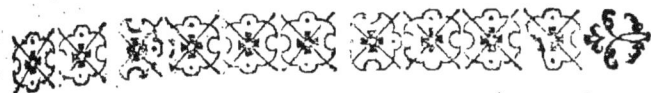

# SCENE IV.

## MOMUS, LE CARNAVAL, LA FOLIE, AGATHE, & les Acteurs de la Scene precedente.

### MOMUS *chante.*

CEtte foule qui suit nos pas,
Est moins folle qu'elle ne semble.
Les plus fous des Mortels ne sont pas
Ceux que le plaisir rassemble.

### LA FOLIE *chante les quatre premiers Vers.*

De ces agreables demeures
Le galant Seigneur veut-il bien
Nous recevoir chez luy pour quelques heures,
Pour quelques jours, s'il est moyen?

*Elle parle.*

Avec entiere garentie
De n'occuper que son Château,
Et de ne remplir le cerveau
Que de quelque heureuse manie.

*Elle chante.*

Je le promets, foy de Folie.

### CLITANDRE.

Disposez de ces lieux au gré de votre envie,
Vous m'offrez un party qui me paroît trop beau:
Avec plaisir je l'accepte; & vous êtes
La maitresse chez moy. Madame, ordonnez, faites

## 164 LESFOLIES AMOUREUSES,

Tout ce que vous voudrez ; ce qui vous conviendra,
Nous servira de loix, on vous obeïra.

#### LA FOLIE.

Sur ce pied-là, je puis vous dire
Que j'y viendray tenir tous les ans desormais,
Les Etats de mon vaste empire.
J'y viendray, je vous le promets,
Pour aujourd'huy j'amene icy l'élite
De mes plus fideles sujets,
De qui la troupe favorite
De mes nôces fait les appréts.

#### CLITANDRE.

De son mieux chacun s'en acquite.

#### LA FOLIE.

Allons, mon Fiancé, Monsieur du Carnaval,
Un petit air en attendant le bal.

#### LE CARNAVAL chante.

Tandis que pour quelque temps
L'hyver interrompt la guerre,
Et que jusques au Printemps
Mars a quitté son tonnerre,
Je viens avec vous sur la terre,
Partager ces heureux instans.
Venez, Enfans de la gloire,
Vous ranger sous mes drapeaux.
Aprés des chants de victoire,
Qui couronnent vos travaux,
Chantez des chansons à boire.
Evitez les trompeurs appas,
Dont l'amour voudra vous surprendre.
Fuyez, & ne l'écoutez pas,
Gardez-vous d'avoir un cœur trop tendre.
On danse.

#### MOMUS.

C'est se tremousser hardiment,

Et voilà des folles fringantes,
Qui pourroient mettre en mouvement
Les cervelles les plus pesantes :
Témoin Monsieur du Carnaval.
Voyez de quoy cet animal s'avise,
De se charger de telle marchandise.
Baste, l'hymen est seur, il s'en trouvera mal.

### LA FOLIE.

L'hymen est seur ? pas tout-à-fait, je pense.

### LE CARNAVAL.

Comment donc !

### LA FOLIE.

Rien n'est moins certain.

### MOMUS.

Ah, ah !

### LA FOLIE.

Pour aujourd'huy j'y vois quelque apparence ;
Mais je ne le voudray peut-être pas demain.
*Elle chante.* La, la, la.

### MOMUS.

Tu n'a pas resolu de luy donner la main ?

### LA FOLIE.

Ouy da, tres-volontiers, qu'il la prenne en cadence.
*Elle chante.* La, la, la.

### MOMUS.

Vous avez du goût pour la danse.
Oh bien ! je vais danser aussi par complaisance.
Nous verrons qui s'en lassera.
Allons guày, quelque contredanse.
*Il danse.*

### MOMUS *aprés avoir dansé.*

Ma foy, je n'en puis plus.

### LA FOLIE *au Carnaval.*

A toy, mon gros Bedon.
Viens.

### LE CARNAVAL.

Je ne danse point.

### LA FOLIE.

Un petit Rigodon,
Je t'en aimeray mieux.

### LE CARNAVAL.

Non, je n'en veux rien faire,

### LA FOLIE.

Ouy, vous le prenez sur ce ton ?
Il vous sied bien d'être en colere !
Fy le vilain, le triste Carnaval !
Je serois bien lottie avec cet animal.
Est-ce donc en grondant que tu prétends me plaire ?
Va, je renonce à l'union,
Et j'ay mauvaise opinion
D'un Carnaval atrabilaire.

### LE CARNAVAL.

Je ne le suis que par reflexion.

### LA FOLIE.

Eh ! Quand on se marie, est ce qu'il en faut faire ?

### LE CARNAVAL.

Jeune, folle, & d'humeur legere,
Avec esprit de contradiction ;
Ma divine moitié, soit dit, sans vous déplaire,
Vous me semblez un peu sujette à caution.

### LA FOLIE.

D'accord, rien n'est conclu, veux-tu rompre la paille ?
Ce n'est point un affront pour moy que tes refus.
Je m'en mocque ; & voilà Momus,
Qui tout Dieu qu'il est...

### MOMUS.

Tout coup vaille,

Je suis toujours prêt d'épouser ;
Et j'enrage en effet de voir que la Folie,
Trop facile à s'humaniser,
S'encanaille, & se mésallie,
Et qu'un simple mortel pretende en abuser,
Jusqu'au point de la mépriser.
Monsieur du Carnaval ....

## LE CARNAVAL,

Chacun sçait son affaire,
Monsieur Momus ; personne que je croy,
Dans tout Pays n'est instruit mieux que moy
Des bons tours qu'aux maris les femmes sçavent faire;
Et le temps où je regne, est celuy d'ordinaire,
Le plus propre à couvrir un manquement de foy.
Depuis que je suis dans l'employ,
J'ay veu l'hymen traitté de gaillarde maniere,
Et ce que tous les jours je voy,
Seigneur Momus, fait que je desespere
D'être exempté de la commune loy.

## MOMUS.

Pauvre sot, pourquoy donc songer au mariage ?

## LE CARNAVAL.

Je suis amoureux à la rage,
Et ne puis être heureux sans devenir mary.

## MOMUS.

Epouse donc, sans tarder davantage,
Et de l'amour bien-tôt tu te verras guery.

## LE CARNAVAL.

Hé bien soit, ferme, allons, courage;
Je veux bien n'en pas appeller,
Et je suis trop en train pour pouvoir reculer.

## LA FOLIE.

Hola, petit mary, lorsque de jalousie
Je te verray l'ame saisie,
Je sçauray bien t'en garentir.
Elle ne se nourrit que dans l'incertitude ;
Et moy qui ne sçay point mentir,
Si je fais par hazard quelque douce habitude,
Pour te tirer d'inquietude,
J'auray soin de t'en avertir.

## LE CARNAVAL.

Grand mercy.

## MOMUS.

Rien n'est plus honnête.

LA FOLIE.

Je suis franche.

LE CARNAVAL.

Achevons la fête,
Au hazard de m'en repentir.
Je sçais le monde, & ne suis pas si bête,
Que lorsqu'il me viendra quelque chagrin en tête,
Je ne trouve aisément de quoy se divertir.
Allons, pour plaire à la Folie,
Que chacun avec moy s'allie.

LA FOLIE.

Il va se mettre en train, ah : le joly garçon !

LE CARNAVAL.

M'aimeras-tu ?

LA FOLIE.

Selon la Chanson.

LE CARNAVAL chante.

L'Hymen en ma faveur allume son flambeau ;
Je suis charmé de ma conquête.
Amour, viens honorer la fête,
Et couronner un feu si beau.

MOMUS chante.

L'hymen en ce beau jour t'apprête
Une couronne de sa main,
Tu t'en repentiras peut-être dés demain.
Souvent, quoy que l'amour soit prié de la fête,
Il ne l'est pas du lendemain.

LE CARNAVAL chante.

Si l'amour volage s'envole,
Et veut me quitter sans retour,
Viens, Bacchus, c'est toy qui console
De l'inconstance de l'amour.

MOMUS.

La chanson est jolie.

LA FOLIE

## LA FOLIE.

Ouy, j'en suis fort contente,
Il me plaist assez, quand il chante ;
Et s'il ne s'étoit pas presenté pour mary,
J'en aurois fait peut-être un favory,
La Musique me prend, j'ay du foible pour elle.

## MOMUS.

On vous la donne telle quelle,
Sans y chercher trop de façon.
Allons, à votre tour, prenez bien votre ton,

ENTRE'E.

Ensuite LA FOLIE chante,

Mortels, que le sort le plus doux
Sous mon Empire a fait naistre,
Quelle fortune est-ce pour vous,
Quand vous sçavez bien la connoistre ?
Les plus heureux sont les plus fous,
Gardez-vous de cesser de l'être.

ENTRE'E.

## DANSE EN DIALOGUE,

Entre Momus & la Folie.

## LA FOLIE.

Momus ?

## MOMUS.

Plaist-il ?

## LA FOLIE.

Tu m'as aimée ?

H

MOMUS.

Un peu.
### LA FOLIE.
Beaucoup.
### MOMUS.
Trop tendrement.
### LA FOLIE.
De toy, j'avois l'ame charmée.
### MOMUS.
Pourquoy donc prendre un autre Amant?
### LA FOLIE.
J'ay dû changer.
### MOMUS.
Pourquoy je te prie?
### LA FOLIE.
Pour te faire enrager.
### MOMUS.
L'excuse est jolie.
### LA FOLIE.
Volage.

### MOMUS.
Ingrate.
### LA FOLIE.
Ah! ah!
### MOMUS,
Tu ris de mon tourment?
### LA FOLIE.
Bon! si j'en usois autrement,
Je ne serois pas la Folie.

### MOMUS.
S'il est des fous heureux, ils ne le sont pas tous;
Et vous allez en voir un d'une espece
Autant à plaindre ...
### LA FOLIE.
Qui seroit-ce?

## MOMUS.

Monsieur Albert.

### ERASTE.

Ah, Ciel!

### AGATHE.

C'est mon jaloux,

## MOMU

Justement, un vieux fou qui cherche sa Maîtresse,
Et cette Maîtresse, c'est vous.

### LA FOLIE.

Qu'il entre, je veux bien l'entendre.

### AGATHE.

Eh! quoy, Madame, au lieu de le faire chasser ...

### ERASTE.

Je vous conjure, au nom de l'amour le plus tendre .

### LA FOLIE.

Vous l'avez prise, il faut la rendre,
Mon pauvre amy.

### ERASTE.

Rien ne m'y peut forcer.

### LA FOLIE.

L'un des deux doit y renoncer.
Et le plus fou des deux, de moy doit tout attendre.

### ERASTE.

Je suis perdu, Ciel!

### LA FOLIE.

Non, vous y devez pretendre,
Plus que vous ne pouvez penser.
e me déclare en cecy vôtre amie ;
Et c'est être plus fou qu'un autre assurément,
De prendre serieusement,
Ce qu'en riant dit la Folie.

### ERASTE.

Madame...

### AGATHE.

Vous cherchiez à nous embarasser.

### LISETTE.

La chose n'étoit pas trop facile à comprendre.
Voicy le Loup-garou.                    H ij

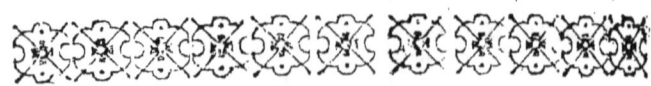

# SCENE DERNIERE.

### ALBERT, AGATHE, LISETTE, MOMUS, LE CARNAVAL, LA FOLIE.

#### ALBERT.

JE crains de me méprendre;
A qui, Monfieur, me faut-il adreffer ?

#### MOMUS.

Vous voyez votre Souveraine.

#### LA FOLIE.

Ah ! le plaifant Magot ! Que veux-tu ? Qui t'amene ?

#### ALBERT.

Une ingrate que j'aime, & qu'un godulereau
Eft venu m'enlever jufques chez moy, Madame;
On m'a dit qu'elle étoit icy, je la reclame;
Je la vois, permettez . . .

#### AGATHE.

Tout beau, Monfieur, tout beau,
Dans vos pretentions quel droit vous autorife ?

#### LISETTE.

Voyons.

#### ALBERT.

Entre mes mains vos parens vous ont mife

## AGATHE.

Ils ont fait un fort beau coup vrayment :
Mais pour reparer leur sottise ,
La Folie , & l'Amour ont fait adroitement
Réüssir l'heureuse entreprise
Qui m'a rendue à mon premier Amant.
Il m'a conduite en ce lieu de franchise ,
Où sans crainte on peut dire vray ,
Je l'aime , autant que je vous hay.

## ALBERT.

Je le vois bien.

## LA FOLIE.

Ma favorite ,
C'est parler net & clairement ;
Et je suis dans l'étonnement
D'avoir une fille à ma suite ,
Qui s'explique si sensément.
Sçais-tu , mon bon amy , quel party tu dois prendre ?

## ALBERT.

Parlez. De vos conseils je me fais une loy.

## LA FOLIE.

Ou te consoler , ou te pendre.

## ALBERT.

Me consoler.

## LA FOLIE.

Je parle contre moy.
D'extravagant , je veux te rendre sage.
Te consoler , est le meilleur pour toy.
Te pendre , nous plaît davantage.

## ALBERT.

Mais pour me consoler , que faut-il faire ?

H iij

## LE CARNAVAL.

LE CARNAVAL *chante.* Boy.

Infortuné, veux-tu m'en croire ?
Renonce aux plaisirs amoureux ;
Prens le party de boire,
Laisse-là l'hymen, & ses feux.
La jeunesse a seule en partage,
L'amour, & les tendres desirs :
Mais tu peux encore à ton âge,
Suivre Bacchus, & ses plaisirs.

### ALBERT.

Parbleu, j'y veux passer le reste de ma vie,
Sans être amoureux, ny jaloux,
Madame, je vous remercie.
### LA FOLIE *à Eraste.*
Monsieur, de mon aveu, vous serez son Epoux,
### ALBERT.
Le bon vin desormais sera seul mon envie.
Il faut que ce soit luy qui nous reconcilie,
Je brûle d'en boire avec vous.
Dure éternellement ma nouvelle folie.

### CHANSON *en branle.*

Tous les Mortels nous font hommage,
Les plus sages & les plus fous ;
En tous lieux, tout temps, & tout âge,
Aucun d'eux n'échappe à nos coups.
Lorsque l'on change dans la vie
De goût, d'humeur, ou de façon,

Eſt-ce devenir ſage ? Non,
Ce n'eſt que changer de folie.

Damon jeune avoit la manie
De vouloir mourir vieux garçon,
A trente ans il paſſoit ſa vie,
Plus retiré qu'un vieux Barbon ;
Puis à ſoixante il ſe marie,
Et devient Courtiſan, dit-on.
Eſt-ce devenir ſage ? Non,
Ce n'eſt que changer de folie.

Un Amant las d'une cruelle
Dont il eſſuya les refus,
Dompte l'amour qu'il a pour elle,
Et ſe donne tout à Bacchus.
Dans les flots du vin il oublie
L'amour qui troubla ſa raiſon.
Eſt-ce devenir ſage ? Non,
Ce n'eſt que changer de folie.

Un Blondin à leſte équipage,
Grand adorateur de Vénus,
Diſſipe d'un gros heritage
Le fond avec les revenus.
Puis à vieille riche il s'allie,
Afin de ſe remettre en fond.
Eſt-ce devenir ſage ? Non,
Ce n'eſt que changer de folie.

Chacun où ſon plaiſir l'appelle,

Se porte dans le Carnaval,
Soit au jeu , soit prés d'une Belle ;
L'un au Cabaret , l'autre au Bal.
Vous venez à la Comedie,
Quand un Opéra n'est pas bon,
Est-ce devenir sage ? Non ,
Ce n'est que changer de folie.


F I N.

# LES
# MENECHMES,

## *COMEDIE,*

### REPRESENTE'E EN 1706.

# EPISTRE

## A MONSIEUR

# DESPREAUX.

Avox des neuf Sœurs; qui sur le
         Parnasse,
De l'aveu d'Apollon, marches si prés
         d'Horace;
O toy qui, comme luy, Maître en l'art des bons
    vers;

As joüi de ton Nom, & mis l'Envie aux fers,
Et qui par un destin aussi noble que juste,
Trouves pour bienfaicteur un Prince tel qu'Au-
    guste :
Ouvre une main facile ; accepte avec plaisir
Un Poëme imparfait, enfant de mon loisir.
De tes traits éclatans admirateur fidelle,
Ton style de tout temps me servit de modelle ;
Et si quelque bon vers par ma veine est produit,
De tes doctes leçons ce n'est que l'heureux fruit.
Toy-même as bien voulu, sensible à mes prieres,
Sur cet ouvrage offert me prêter tes lumieres.
Ton applaudissement, que rien n'a suspendu,
De celuy du Public m'a toûjours répondu.
Qui peut mieux en effet, dans le siecle où nous
    sommes,
Aux regles du bon goût assujettir les hommes ?
Qui connoît mieux que toy le cœur & ses travers ?
Le bon sens est toûjours à son aise en tes vers ;
Et sous un art heureux découvrant la nature,
La verité par-tout y brille toute pure.
Mais qui peut, comme toy, prendre un si noble
    essor,

Et de tous les metaux tirer des veines d'or ?

Que d'Auteurs, en suivant Despreaux & Pin-
    dare,

Se sont fait un destin commun avec Icare !

De tous ces beaux lauriers qu'ils ont cherchez en
    vain,

Je ne veux qu'une feüille offerte de ta main.

Si je l'ay meritée, & que tu me la donnes,

Ce present sur mon front vaudra mille couronnes ;

Et pour Disciple enfin si tu veux m'avoüer,

C'est par cet endroit seul qu'on pourra me loüer.


REGNARD.

## ACTEURS DU PROLOGUE.

APOLLON.

MERCURE.

PLAUTE.

*La Scene est sur le Parnasse.*

# LES
# MENECHMES,
## *COMEDIE.*

---

# PROLOGUE.

Le Theatre represente le Parnasse.

## SCENE PREMIERE.

### APOLLON, MERCURE.

#### MERCURE.

Onneur au Seigneur Apol-
lon.
#### APOLLON.
Ah ! Dieu vous gard, Sei-
gneur Mercure.
Par quelle agreable avanture
Vous voit-on au sacré Vallon ?

I iiij

**MERCURE.**

Vous ſçavez , Grand Dieu du Parnaſſe;
Que je ne me tiens guere en place.
J'ay tant de differens emplois,
Du couchant , juſqu'aux lieux où l'Aurore étincelle,
Que ce n'eſt pas choſe nouvelle
De me rencontrer quelquefois.

**APOLLON.**

Vous eſtes le bras-droit du Grand Dieu du Tonnerre,
Votre peine eſt utile aux Hommes comme aux Dieux,
Et c'eſt par vos ſoins que la Terre
Entretient quelquefois commerce avec les Cieux.

**MERCURE.**

Ce travail me laſſe & m'ennuye,
Lorſque je voy tant de Dieux faineants,
Qui ne ſongent là-haut qu'à reſpirer l'encens,
Et qu'à ſe gonfler d'ambroiſie.

**APOLLON.**

Vous vous plaignez à tort, d'un trop penible employ,
S'il vous falloit donc , comme moy,
Eclairer la Machine ronde,
Rendre la Nature feconde,
Mener quatre Chevaux quinteux,
Riſquer de tomber avec eux,
Et de faire un bucher du monde;
Dans ce Métier penible & dangereux,
Vous auriez ſujet de vous plaindre.
Depuis que l'Univers eſt ſorty du cahos,
Ay-je encor trouvé , moy, quelque jour de repos ?
Quoy qu'il en ſoit , parlons ſans feindre,
A vous ſervir je ſeray diligent.
Le Seigneur Jupiter, dont vous eſtes l'Agent,
Honnête ou non ; c'eſt dont fort peu je m'embaraſſe;
Pour gouter des plaiſirs nouveaux,
A quelque Nymphe du Parnaſſe
Voudroit-il en dire deux mots ?

**MERCURE.**

Vos Muſes ailleurs deſtinées,

Sont pour luy par trop surannées.
Depuis trois ou quatre mille ans,
Tous vos Faiseurs de Vers, mal avec la fortune,
En ont tous épousé quelqu'une ;
Il faut à Jupiter des morceaux plus frians.
La qualité n'est pas ce qui plus l'inquiete.
Une Bergere, une Grisette
Luy fait souvent courir les champs.

## APOLLON.

Que dit à cela son Epouse ?

## MERCURE.

Elle suit les transports de son humeur jalouse.
Mais le bon Jupiter ne s'en étonne pas ;
Et là-haut c'est comme icy bas.
Quand un Epoux a fait quelque intrigue nouvelle,
La femme a beau crier, le mary va son train.
Quand la Dame, en revanche, a formé le dessein
De se dédommager d'un Epoux infidelle,
Et qu'un Galant se rend Patron
De la femme & de la maison ;
L'Epoux a beau gronder, faire le ridicule,
Il faut qu'il en passe par-là,
Et qu'il avalle la pillule,
Ainsi que Vulcain l'avala.

## APOLLON.

Quelle est donc la raison nouvelle
Qui prés d'Apollon vous appelle ?

## MERCURE.

Je vais vous le dire ; écoutez.
Vous sçavez qu'au Ciel & sur Terre
On me donne cent qualitez.
Je suis l'Agent du Dieu qui lance le Tonnerre,
Je conduis les Morts aux Enfers ;
Mon pouvoir s'étend sur les Mers :
Je suis le Dieu de l'Eloquence :
Ma Planette preside aux Fous,
Aux Marchands ainsi qu'aux Filous ;
Fort petite est la difference ;

# PROLOGUE.

Je donne aux Chymistes la loy ;
Des pâles Medecins la Cohorte assassine
M'appelle, suivant mon employ,
Le Furet de la Medecine :
Heureux, qui se passe de moy !

### APOLLON.

Entre tant de Métiers mis dans votre apanage,
Qui pourroient fatiguer quatre Dieux comme vous,
C'est celuy de porter, je croy, les Billets doux,
Qui vous occupe davantage.

### MERCURE.

Mon credit est tombé, je suis de bonne foy.
Chacun depuis un temps de ce métier se picque ;
Et tant d'honnêtes gens exercent mon employ,
Que je leur laisse ma pratique ;
Ils y sont presque tous aussi sçavants que moy.

### APOLLON.

Vous avez trop de modestie.
Mais venons donc au fait dont il est question,

### MERCURE.

Les Spectacles, la Comedie
Me donnent à Paris quelque occupation,
Je les ay pris sous ma protection.
Pour celebrer une feste publique
J'aurois aujourd'huy grand besoin
D'avoir quelque piece Comique
Qui fût marquée à votre coin.

### APOLLON.

Hé, quoy ? Sans vous donner la peine
De venir icy de si loin,
N'est-il point là d'Auteurs amoureux de la Scene,
Qui du Theatre encor puissent prendre le soin ?

### MERCURE.

Depuis qu'un peu trop tost la Parque meurtriere
Enleva le fameux Moliere,
Le censeur de son temps, l'amour des beaux esprits,
La Comedie en pleurs, & la Scéne deserte
Ont perdu presque tout leur prix,

Depuis cette cruelle perte ,
Les plaisirs , les jeux , & les ris ,
Avec ce rare Autheur sont presque ensevelis.

APOLLON.

Il faut reparer le dommage
Que le destin a fait au Theatre François ,
Et tirer du tombeau quelque grand Personnage ,
Pour paroistre encore une fois.
Plaute fut en son temps les delices de Rome ,
Tel que Moliere fut le charme de Paris ;
Il tient icy son rang parmy les beaux esprits ,
Il faut consulter ce grand homme.
Qu'on le fasse venir.

MERCURE.

Certes , je suis confus
Des bontez que pour moy .....

APOLLON.

Finissons là-dessus :
Entre des Dieux tels que nous sommes ,
Il ne faut pas de longs discours.
Laissons les complimens aux hommes ,
Ils en sont les dupes toujours.

# SCENE II.

## PLAUTE, APOLLON, MERCURE,

### APOLLON à *Plaute.*

PEndant que tu vivois je t'ay comblé de gloire ,
Autant que de son temps Auteur le fut jamais ;
J'ay fait graver ton nom au Temple de Memoire ,
Et t'ay prodigué mes bienfaits,

### PLAUTE.

Il eſt vrai; mais enfin, quelque amour qui vous guide,
Les dons qu'aux beaux eſprits prodigue votre main,
N'ont rien de réel, de ſolide,
Et n'ôtent pas toujours les ſoins du lendemain.
Qui ne mâche chez vous qu'un laurier inſipide,
Court riſque de mâcher à vuide,
Et ſouvent de mourir de faim;
Et ſi j'avois à reprendre naiſſance,
J'aimerois mieux eſtre Portier
D'un Traitant, ou d'un Sous-Fermier,
Que Mignon de votre Excellence.

### MERCURE.

C'eſt faire peu de cas, & mettre à trop bas prix
Les faveurs qu'Apollon diſpenſe aux beaux eſprits,
Et mon avis n'eſt pas le vôtre.

### PLAUTE.

J'en pourrois mieux parler qu'un autre.
Croiriez-vous que ſur mon déclin,
Laiſſant le Dieu des Vers que j'eſtois las de ſuivre,
Ne pouvant me donner de pain,
Je me ſuis vû réduit, pour vivre,
A tourner la meule au moulin?

### MERCURE.

Vous?

### PLAUTE.

Moy.

### MERCURE.

Cet Illuſtre Poëte?
Finir ſes jours au moulin?

### PLAUTE.        Ouy.

### MERCURE.

Si Plaute a fait en ce lieu ſa retraite,
Où donc renverrons-nous nosRimeurs d'aujourd'huy?

### APOLLON.

Un Poëte aiſément s'endort dans la moleſſe,
L'abondance ſouvent unie à la pareſſe,
Seiche ſa veine & la tarit;

Mais la necessité reveille son esprit.

## MERCURE.

Enfin, quel qu'ait esté votre sort domestique ;
        Je viens, charmé de vos talens,
    Vous demander une Piece comique ,
De celles que dans Rome on vit de votre temps ;
        Pour sçavoir si le goût antique
Trouveroit à Paris encor ses Partisans.

## PLAUTE.

    J'en doute fort. Les caracteres,
    Les esprits, les mœurs, les manieres ,
En prés de deux mille ans ont bien changé, je croy.
    Et par exemple, dites-moy,
A Paris aujourd'huy de quel goût sont les Dames ?

## MERCURE.

    Mais... elles sont du goût des Femmes.

## PLAUTE.

A Rome, de mon temps, libres dans leurs soupirs
Elles ne trouvoient point l'Hymen un esclavage ;
Et faisant du divorce un legitime usage ,
Elles changoient d'époux au gré de leurs desirs.

## MERCURE.

Oh ! Ce n'est plus le tems. Une loy plus austere
        Fixe une Femme au premier choix ,
Elle ne peut avoir qu'un Epoux à la fois :
        Mais un usage moins severe ,
Aux Coquettes du temps permet encor par fois
D'avoir autant d'Amants qu'elles en peuvent faire.

## APOLLON.

C'est un temperament ; &, comme je le voy ,
L'Usage adoucit bien la rigueur de la Loy.

## PLAUTE.

    Mais voit-on encor par la Ville,
    Une troupe lâche & sterile
    De fades & mauvais plaisants,
Qui chez les Grands de Rome alloient chercher à
    vivre ,
        Et qui ne cessoient de les suivre ;

Soit à la Ville, soit aux Champs?
De ces lâches Flateurs, des Complaisans serviles,
Que dans mes Vers j'ay souvent exprimez;
Des Parasites affamez,
De ces Importans inutiles,
Qui tous les jours dans les maisons,
A l'heure du dîner, font de sûres visites?

### MERCURE.

Non; Mais l'on y voit des Gascons
Qui valent bien des Parasites.

### PLAUTE.

Le goût étant changé, comme enfin je le voy,
Une Piece de moy, je croy, ne plairoit guere,
A moins qu'Apollon ne fist choix
D'un Auteur Comique & François,
Qui pût accommoder le tout à sa maniere;
Porter la Scene ailleurs, changer, faire, & défaire,
S'il pouvoit reüssir dans ce noble dessein,
Moitié François, moitié Romain,
Je pourrois peut-être encor plaire.

### APOLLON.

Je me souviens qu'un de ces jours
Un Auteur qui par fois erre dans ces détours,
Me fit voir un sujet qu'on nomme
Les MENECHMES qu'il dit avoit tiré de vous,
Et qui fut applaudi dans Rome.

### PLAUTE.

Tout Auteur que je sois, je ne suis point jaloux
Que mon travail luy soit utile.
Le sujet qu'il a pris,
Divertit autrefois un Peuple difficile,
Et peut-estre aura-t-il même sort à Paris,

### MERCURE.

Sur cet augure heureux, de ce pas je vais faire
Tout ce qui sera necessaire,
Pour mettre la Piece en estat.

### APOLLON.

Et moy, je vais commencer ma carriere,
Et rendre au monde son éclat.

# SCENE III.

## MERCURE seul.

MEssieurs, ne soyez point en peine
Comment je puis si promptement
Ajuster cette Piece, & faire en un moment
Qu'elle paroisse sur la Scene,
Nous autres Dieux, d'un coup de main,
Nous passons tout effort humain.
Agréez donc mes soins ; & pour reconnoissance
D'avoir voulu vous divertir,
Ayez pour mon travail quelque peu d'indulgence,
Et vous n'aurez pas lieu de vous en repentir.
J'écarteray de vous tout ce qui peut vous nuire,
Coupeurs de bourse adroits, Medecins, Usuriers,
Avocats babillards, Insolens Creanciers,
Tous ces gens sont sous mon empire,
Et s'il est parmy vous quelqu'un
Possedant femme ou maitresse fidelle,
( C'est un cas qui n'est pas commun )
Je n'employray jamais prés d'elle,
Pour corrompre son cœur & sa fidelité,
Ny mon Art, ny mon Eloquence,
C'est payer trop, en verité,
Quelques momens de complaisance :
Mais un Dieu doit user de generosité.

### Fin du Prologue.

# ACTEURS.

MENECHME. } Freres
LE CHEVALIER MENECHME. } Jumeaux

DEMOPHON, Pere d'Isabelle.

ISABELLE, Amante du Chevalier.

ARAMINTE, Vieille Tante d'Isabelle, amoureuse du Chevalier.

FINETTE, suivante d'Araminte.

VALENTIN, Valet du Chevalier.

ROBERTIN, Notaire.

UN MARQUIS.

Mr. COQUELET, Marchand.

*La Scene est à Paris, dans une Place publique.*

LES MENECHMES

LES MENECHMES

Les Œuvres de Mr Regn...

# LES
# MENECHMES,
## ov
# LES JUMEAUX,
## *COMEDIE.*

---

# ACTE I.

## SCENE PREMIERE.

### LE CHEVALIER MENECHME.

 E suis tout hors de moy , maudit soit le
    Valet.
Pour me faire enrager , il semble qu'il
    soit fait.
Je ne puis plus long-temps souffrir sa
    negligence,
Tous les jours le coquin lasse ma patience,
Il sçait que je l'attens . . . . Mais enfin je le voy.
D'où viens-tu donc, Maraut? Dis, parle, repons-moy.

## SCENE II.

### VALENTIN, LE CHEVALIER.

VALENTIN *portant une valise, la met à terre,*
*& s'assit dessus.*

Quant à present, Monsieur, je ne vous puis rien
dire;
Un moment, s'il vous plaist, souffrez que je respire;
Je suis tout étouflé.

#### LE CHEVALIER.

Veux-tu donc tous les jours
Me mettre au desespoir, & me joüer ces tours?
Je ne sçay qui me tient, que de vingt coups de can-
ne . . . .
Quoy, Maraut, pour aller jusqu'à la Doüanne
Retirer ma valise, il te faut tant de temps?

#### VALENTIN.

Ah! Monsieur, ces Commis sont de terribles gens.
Les Juifs, tout Juifs qu'ils sont, sont moins durs,
moins arabes.
Ils ne repondent point que par monosyllabes.
Ouy, non, paix, quoy, Monsieur? . . . Je n'ay pas
le loisir.
Mais, Monsieur . . . Revenez. Faites-moy le plai-
sir . . . .
Vous me rompez la tête, allez. Enfin, les traîtres,
Quand on a besoin d'eux, sont plus fiers que leurs
Maistres.

#### LE CHEVALIER.

Quoy, tu serois resté jusqu'à l'heure qu'il est
Toujours à la Doüane? ―

VALENTIN.

Oh, non pas, s'il vous plaist.
Voyant que le Commis qui gardoit ma valise,
Usoit depuis une heure avec moy de remise ;
Las d'avoir pour objet un visage ennuyeux,
J'ay cru qu'au cabaret j'attendrois beaucoup mieux.

LE CHEVALIER.

Faudra-t'il que le vin te commande sans cesse ?

VALENTIN.

Vous sçavez que chacun, Monsieur, a sa foiblesse ;
Mais le mauvais exemple, encor plus que le vin,
Me retient malgré moy dans le mauvais chemin.
Je me sens de bien vivre une assez bonne envie.

LE CHEVALIER.

Mais pourquoy hantes-tu mauvaise compagnie ?

VALENTIN.

Je fais de vains efforts, Monsieur, pour l'éviter ;
Mais je vous aime trop, je ne puis vous quitter.

LE CHEVALIER.

Que dis-tu donc, Maraut ?

VALENTIN.

Monsieur, un long usage
De parler librement me donne l'avantage.
En pareil cas que moy vous vous estes trouvé ;
Assez souvent d'un vin bien pris & mal cuvé,
Je vous ay vû le chef plus lourd qu'à l'ordinaire ;
J'ay même quelquefois presté mon ministere
Pour vous donner la main & vous conduire au lit :
De ces petits excés je ne vous ay rien dit :
Nous devons nous prester aux foiblesses des autres,
Leur passer leurs défauts comme ils passent les nôtres.

LE CHEVALIER.

Je te pardonnerois d'aimer un peu le vin,
Si je te connoissois à ce seul vice enclin :
Mais ton maudit penchant à mille autres te porte ;
Tu ressens pour le jeu la pente la plus forte...

VALENTIN.

Ah ! si je joüe un peu, c'est pour passer le temps.

K ij

Quand vous percez les nuits dans certains noirs bre-
lans,
Je vous entens jurer au travers de la porte;
Je jure comme vous quand le jeu me transporte:
Et ce qui peut tous deux nous differentier,
Vous jurez dans la chambre, & moy sur l'escalier.
Je vous imite en tout. Vous, d'une ardeur extrême,
Bûvez, joüez, aimez; je boy, je joüe & j'aime;
Et si je suis coquet, c'est vous qui le premier,
Consommé dans cet art, m'appristes le métier.
Vous allez chaque jour d'une ardeur vagabonde,
Faisant rafle par-tout, de la Brune à la Blonde.
Isabelle à present vous retient sous sa loy;
Vous l'aimez, dites-vous, je ne sçay pas pourquoy.

### LE CHEVALIER.

Tu ne sçais pas pourquoy ! Se peut-il qu'à ses charmes,
A ses yeux tout divins on ne rende les armes?
Je la vis chez sa Tante, où j'en fus enchanté;
Le trait qui me perça, mon cœur l'a rapporté.

### VALENTIN.

Autrefois cependant, pour sa Tante Araminte,
Toute folle qu'elle est, vous aviez l'ame atteinte.
J'approuvois fort ce choix : outre que ses ducats
Nous ont plus d'une fois tiré de mauvais pas,
J'y trouvois mon profit ; vous cajoliez la Tante,
Et moy je pourchassois Finette la suivante:
Ainsi vous voyez bien....

### LE CHEVALIER.

Ouy, je vois, en un mot,
Que tu fais le Docteur, & que tu n'es qu'un sot.
Pour t'empêcher de dire encor quelque sottise,
Finissons, & chez moy va porter ma valise.

VALENTIN *remettant la valise sur son épaule.*
J'obeïs : cependant si je voulois parler,
Sur un si beau sujet je pourrois m'étaler.

### LE CHEVALIER.

Eh ! tais-toy.

### VALENTIN.

Quand je veux, je parle mieux qu'un autre

## LE CHEVALIER.

Quelle est cette valise?

### VALENTIN.

Eh! parbleu, c'est la vôtre.

## LE CHEVALIER.

De la mienne elle n'a ny l'air, ny la façon.

### VALENTIN.

J'ay long-temps comme vous esté dans le soupçon.
Mais de votre cachet la figure & l'empreinte,
Et l'adresse bien mise, ont dissipé ma crainte.
Lisez plutôt ces mots distinctement écrits;
C'est à Monsieur Menechme, à present à Paris.

### LE CHEVALIER.

Il est vray; mais enfin, quoy que tu puisses dire,
Je ne reconnois point cette façon d'écrire:
Enfin, ce n'est point là ma valise.

### VALENTIN.

D'accord.
Cependant à la vôtre elle ressemble fort.

### LE CHEVALIER.

Tu m'auras fait icy quelque coup de ta tête.

### VALENTIN.

Mais vous me prenez donc, Monsieur, pour une bête.
En revenant de Flandre, ou par trop brusquement,
Vous avez pris congé de votre Regiment:
Et passant à Perone, où fut le dernier gîte,
Nous y primes la poste; & pour aller plus vîte,
Vous me fistes porter, au Coche qui partoit,
Votre malle assez lourde, & qui nous arrestoit.
J'obeïs à votre ordre, avec zele & vitesse;
Je fis par le Commis mettre dessus l'adresse.
Ainsi je n'ay rien fait que bien dans tout cecy.

### LE CHEVALIER.

C'est de quoy dans l'instant je veux estre éclaircy.
Ouvre vîte, & voyons quel est tout ce mystere.

### VALENTIN *tirant un paquet de clefs.*

Dans un moment, Monsieur, je vais vous satisfaire.
Ouais! la clef n'entre point.

K iij

LE CHEVALIER.

Romps chaîne & cadenas.

VALENTIN.

Puisque vous le voulez, je n'y resiste pas.
Orsus, instrumentons.

LE CHEVALIER.

Qu'as-tu ? tu me regardes.

VALENTIN.

Je ne voy là-dedans pas une de vos hardes.

LE CHEVALIER.

Comment donc, malheureux ?

VALENTIN.

Monsieur, point de courroux.
Au troc que nous faisons, peut-être gagnons-nous ;
Et je ne crois pas, moy, que dans votre valise,
Nous eussions pour vingt francs de bonne marchandi-
se. LE CHEVALIER.
Et ces lettres, Maraut, qui faisoient mon bonheur,
Où l'aimable Isabelle exprimoit son ardeur,
Qui me les rendra, dis ?

VALENTIN *tirant un paquet de lettres de la valise.*

Tenez en voilà d'autres,
Qui vous consoleront d'avoir perdu les vôtres.

LE CHEVALIER *prenant les lettres.*

Sçais-tu que les Railleurs & les mauvais Plaisans,
D'ordinaire, avec moy, passent fort mal leur temps ?

LE CHEVALIER *lit les lettres pendant que
Valentin fait inventaire des hardes.*

VALENTIN.

Mon dessein n'étoit pas de vous mettre en colere ;
Mais sans perdre de temps, faisons notre inventaire.

*Il tire un sac de Procés,*

Ce meuble de chicane appartient seurement
A quelque homme du Maine, ou quelque Bas Nor-
mand.

*Il tire un habit de campagne.*

L'habit eſt vrayment leſte , & des plus à la mode ;
Pour un ſur-tout de chaſſe il me ſera commode.

## LE CHEVALIER.

O Ciel !

## VALENTIN.

Quel eſt l'excés de cet étonnement ?

## LE CHEVALIER.

L'avanture ne peut ſe comprendre aiſément.

## VALENTIN.

Qu'avez-vous donc, Monſieur? eſt-ce quelque vertige,
Qui vous monte à la teſte ?

## LE CHEVALIER.

Elle tient du prodige :
Tu ne la croiras pas quand je te la diray.

## VALENTIN.

Si vous ne mentez pas , Monſieur , je vous croiray.

## LE CHEVALIER.

Je ſuis né, tu le ſçais , aſſez prés de Peronne ,
D'un ſang dont la valeur ne le cede à perſonne.
Tu ſçais qu'ayant perdu pere , mere , & parens ,
Et demeurant ſans bien dés mes plus tendres ans ;
Las de paſſer mes jours dans le fond d'une terre,
Je ſuivis à quinze ans le métier de la guerre.
Un frere ſeul reſta de toute la maiſon ,
Avec un Oncle avare & riche , diſoit-on ;
En differens Pays j'ay bruſqué la fortune ,
Sans que l'on ait de moy reçû nouvelle aucune ;
Et je ſçay par des gens qui m'en ont fait rapport ,
Que depuis tres long-temps mon frere me croit mort.

## VALENTIN.

Je le ſçais ; & de plus , je ſçay que votre mere
Mourut en accouchant de vous & de ce frere :
Que vous eſtes Jumeaux , & que votre portrait
En toute ſa perſonne eſt rendu trait pour trait :
Que vos airs dans les ſiens ſont ſi reconnoiſſables ,
Que deux goutes de lait ne ſont pas plus ſemblables.

K iiij

LE CHEVALIER.

Nous nous reſſemblions, mais ſi parfaitement ,
Que les yeux les plus fins s'y trompoient aiſément ;
Et notre Pere même , en commençant à croître ,
Nous attachoit un ſigne afin de nous connoître.

VALENTIN.

Vous m'avez dit cela déja plus d'une fois ;
Mais que fait cette hiſtoire au trouble où je vous vois?

LE CHEVALIER.

Ce n'eſt pas ſans raiſon que j'ay l'ame ſurpriſe.
Valentin , à ce frere appartient la valiſe :
Et j'apprens , en liſant la lettre que je tiens ,
Que notre oncle eſt défunt , & qu'il laiſſe ſes biens
A ce frere Jumeau qui doit icy ſe rendre.

VALENTIN.

La nouvelle, en effet , a de quoy vous ſurprendre.

LE CHEVALIER.

Ecoute, je te prie, avec attention.
Ceci merite bien quelque reflexion.

( il lit. )

*Je vous attens , Monſieur, pour vous remettre com-*
*ptant , les ſoixante mille écus que votre Oncle vous*
*laiſſez par teſtament , & pour épouſer Mademoiſelle*
*Iſabelle , dont je vous ay pluſieurs fois parlé dans mes*
*lettres : le party vous convient fort; & ſon pere Démo-*
*phon ſouhaite cette affaire avec paſſion. Ne manquez*
*donc point de vous rendre au plûtoſt à Paris , & faites-*
*moy la grace de me croire votre tres-humble & tres-*
*obéiſſant ſerviteur , ROBERTIN.*

Robertin , c'eſt le nom d'un honnête Notaire,
Qui travailloit pour nous du vivant de mon pere.
La datte, le deſſus , & le nom bien écrit,
Dans mes préventions confirment mon eſprit.
Mon frere, pour venir au gré de cette lettre,
Comme moy , ſa valiſe au Coche aura fait mettre ;
Et dans le même-temps, ce rapport de grandeur ,
De cachet & de nom a cauſé ton erreur ,

Et je conclus enfin, sans être fort habile,
Que mon frere est déja peut-être en cette Ville.

## VALENTIN.

Cela pourroit bien être, & je suis stupefait
Des effets surprenans que le hazard a fait.
Il faut que justement je fasse une méprise,
Et que notre bonheur vienne de ma sotise.
Nous trouvons en un jour un vieil Oncle enterré,
Qui laisse de grands biens dont il vous a frustré :
Un frere qui reçoit tous ses biens qu'on luy laisse,
Er qui vient enlever encor votre Maîtresse.
Voila tout à la fois, cinq ou six incidens
Capables d'étourdir les plus habiles gens.

## LE CHEVALIER.

Nous ferons tête à tout ; & de cette avanture
Je conçois dans mon cœur un favorable augure.

## VALENTIN.

Soixante mille écus nous feroient grand besoin.

## LE CHEVALIER.

Il faut, pour les avoir, employer notre soin.
Ils sont à moy, du moins, tout autant qu'à mon frere :
Mais il faut déterrer le frere & le Notaire.
Va, cours, informe-toy, ne perds pas un moment.

## VALENTIN.

Vous connoissez mon zele & mon empressement ;
Et s'il est à Paris, j'ay des amis fideles,
Qui dans une heure au plus, m'en diront des nouvelles.

## LE CHEVALIER.

Je vais chez Araminte, elle sçait mon retour :
Il faudra feindre encor que je brûle d'amour.
Elle n'a nul soupçon de ma nouvelle flâme.
Tu sçais le caractere & l'esprit de la Dame :
Elle est vieille & jalouse à desoler les gens,
Ses airs & ses discours sont tous impertinens,
Enfin, c'est une folle, & qui veut qu'on la flate.
Quoy qu'un rayon d'espoir pour mon amour éclate,
Incertain du succés, je la veux ménager.

K v

Retourne à la Douanne , au Coche, au Meffager.
Mais Araminte fort ; va vîte où je t'envoye.

# SCENE III.

## ARAMINTE , FINETTE, LE CHEVALIER.

### ARAMINTE.

NOus reverrons Menechme aujourd'huy. Quelle
joye !
Je ne puis demeurer en place , ny chez moy.
Pareil empreffement doit l'agiter , je croy.
Comment me trouves-tu ? dis Finette.

### FINETTE.

Charmante.
Votre beauté furprend , ravit , enleve , enchante.
Il femble que l'Amour , dans ce jour fi charmant ,
Ait pris foin par mes mains de votre ajuftement.

### ARAMINTE.

Cette Fille toujours eut le goût admirable.
Ah , Monfieur, vous voila ! Quel deftin favorable
Plus que je n'efperois preffe votre retour ?
Et quel Dieu prés de moy vous ramene ?

### LE CHEVALIER.

L'Amour.

### ARAMINTE.

L'Amour ? Le pauvre enfant !

### LE CHEVALIER.

Votre aimable prefence
Me dédommage bien des chagrins de l'abfence.
Non , je ne vois que vous , qui fans art , fans fecours ,
Puiffiez paroitre ainfi plus jeune tous les jours.

ARAMINTE.

Fy donc, badin ! L'amour quelquefois, quoy qu'ab-
sente,
A votre souvenir me rendoit-il presente ?
Votre portrait charmant, & qui fait tout mon bien,
Que je reçus de vous, quand vous prites le mien,
Me consoloit un peu d'une absence effroyable ;
Le mien a-t-il sur vous fait un effet semblable ? ,

LE CHEVALIER.

Votre image m'occupe & me suit en tous lieux.
La nuit même ne peut vous cacher à mes yeux.
Et cette nuit encor, je rappelle mon songe,
O douce illusion d'un aimable mensonge !
Je me suis figuré, dans mon premier sommeil,
Etre dans un Jardin au lever du Soleil,
Que l'Aurore vermeille, avec ses doigts de roses,
Avoit semé de fleurs nouvellement écloses.
Là, sur les bords charmans d'un superbe canal,
Qui reçoit dans son sein un torrent de cristal,
Où cent flots écumans, & tombans en cascades,
Semblent être poussez par autant de Nayades ;
Là, dis-je, reposant sur un lit de roseaux,
Je vous voy sur un char sortir du fond des eaux :
Vous aviez de Vénus & l'habit & la mine :
Cent mille Amours poussoient une Conque marine ;
Et les Zephirs badins volans de toutes parts,
Faisoient au gré des airs flotter des étendarts.

FINETTE.

Ah, Ciel ! le joly rêve !

ARAMINTE.

Achevez, je vous prie.

LE CHEVALIER.

Mon ame à cet aspect d'étonnement saisie ...

ARAMINTE.

Et, j'étois la Vénus flottant sur ce canal ?

LE CHEVALIER.

Ouy, Madame, vous-même en propre original.
L'esprit donc enchanté d'un si noble spectacle,

K vj

Je me suis avancé prés de vous sans obstacle.

ARAMINTE.

De grace, dites-moy, parlant sincerement,
Sous l'habit de Venus, avois-je l'air charmant,
Le port noble & divin ?

LE CHEVALIER.

Le plus divin du monde :
Vous sentiez la Déesse, une lieuë à la ronde.
M'étant donc avancé pour vous donner la main,
Le jardin, à mes yeux, a disparu soudain ;
Et je me suis trouvé dans une grotte obscure,
Que l'art embellissoit ainsi que la nature :
Là dans un plein repos, & couronné de fleurs,
Je vous persuadois de mes vives douleurs.
Vous vous laissiez toucher d'une bonté nouvelle,
Et preniez de Vénus la douceur naturelle ;
Lorsque par un malheur qui n'a point de pareil,
Mon Valet, en entrant, a causé mon reveil.

ARAMINTE.

Je suis au desespoir de cette circonstance,
Et voilà des Valets l'ordinaire imprudence ;
Toûjours mal à propos ils viennent nous trouver.

LE CHEVALIER.

Mon songe n'est pas fait, & je veux l'achever.

ARAMINTE.

D'accord ; mais je voudrois que pour vous satisfaire,
Votre bonheur toûjours ne fût pas en chimere,
Et qu'un heureux hymen entre nous concerté,
Pût donner à vos feux plus de realité.
Mais j'en crains le retour ; dans le siecle où nous som-
mes,
Le dégoût dans l'hymen est naturel aux hommes ;
Et la possession souvent du premier jour,
Leur ôte tout le sel & le goût de l'amour.

LE CHEVALIER.

Ah ! Madame, pour vous mon amour est extrême,
Je sens qu'il doit aller par-delà la mort même,

Et fi par un malheur que je n'ofe prévoir ,
Votre mort . . . Ah ! Grands Dieux , quel affreux dé-
    fefpoir !
Mon ame , en y penfant , de douleur poffedée . . .

### ARAMINTE.

Rejettons loin de nous cette funefte idée ;
Et pour mieux celebrer le plaifir du retour ,
Je veux que nous dînions enfemble dans ce jour.
J'ay fait dés ce matin inviter une amie ,
Et vous augmenterez la bonne compagnie.

### LE CHEVALIER.

Madame , cet honneur m'eft bien avantageux.
Une affaire à prefent m'arrache de ces lieux :
Pour revenir plûtoft , je pars en diligence.

### ARAMINTE.

Allez , je vous attens avec impatience.

### LE CHEVALIER.

Icy , dans un moment , je reviens fur mes pas.

# SCENE IV.

## ARAMINTE, FINETTE.

### ARAMINTE.

L'Amour qu'il a pour moy ne s'imagine pas ;
Mais en revanche auffi je l'aime à la folie.
Comment le trouves-tu ?

### FINETTE.
                    Sa figure eft jolie.
Son Valet Valentin n'eft pas mal fait auffi ;
Nous nous aimons un peu , mais quelqu'un vient icy.
C'eft Demophon.

# SCENE V.

## DEMOPHON, ARAMINTE, FINETTE.

### DEMOPHON.

Bon jour, ma sœur.

### ARAMINTE.

Bon jour, mon frere.

### DEMOPHON.

Bon jour. J'allois chez vous pour vous parler d'affaire,

### ARAMINTE.

Icy comme chez moy, vous pouvez m'ennuyer.

### DEMOPHON.

Votre niece Isabelle est d'âge à marier ;
Et Monsieur Robertin, dont je connois le zele,
A sçu me menager un bon party pour elle :
Un jeune homme doüé d'esprit & de vertus,
Possedant, qui plus est, soixante mille écus,
D'un Oncle qui l'a fait unique Legataire,
Dont ledit Robertin est le dépositaire :
Et j'apprens par les mots du billet que voicy,
Que cet homme en ce jour doit arriver icy.

### ARAMINTE.

J'en suis vrayment fort aise.

### DEMOPHON.

Or donc, ce mariage
Estant pour la famille un fort grand avantage,
Et vous voyant déja, ma sœur, sur le retour,
N'ayant, comme je croy, nul penchant pour l'amour,
Je me suis bien promis qu'en faveur de l'affaire,

Vous feriez de vos biens donation entiere ,
Vous gardant l'ufufruit jufques à votre mort.

### ARAMINTE.

Jufqu'à ma mort ! Vrayment , ce projet me plaît fort !
Vous vous êtes promis ; il faut vous dépromettre.
L'âge , comme je croy , peut encor me permettre
D'afpirer à l'Hymen , & d'avoir des enfans.

### DEMOPHON.

Vous mocquez-vous , ma fœur ? Vous avez cinquante
ans.

### ARAMINTE.

Moy ? j'ay cinquante ans ? moy ? Finette ?

### FINETTE.

Quels reproches !
Helas ! On n'eft jamais trahi que par fes proches.
A caufe que Madame a vécu quelque temps ,
On ne la croit plus jeune ! Il eft de fortes gens.

### DEMOPHON.

Ma fœur , dans mon calcul je croy vous faire grace ,
Et je raifonne ainfi : J'en ay cinquante , & paffe :
Vous eftes mon aînée : *ergo* , dans un feul mot ,
Vous voyez fi j'ay tort.

### ARAMINTE.

Votre *ergo* n'eft qu'un fot ;
Et je fçay fort bien , moy , que cela ne peut être.
Ma jeuneffe à mon teint fe fait affez connoîftre.
Ce que je puis vous dire en termes clairs & nets ,
C'eft qu'il faut de mon bien vous paffer pour jamais ;
Que je me porte mieux que tous tant que vous êtes ;
Que malgré les complots qu'en votre ame vous faites,
Je pretens enterrer , avec l'aide de Dieu ,
Les enfans que j'auray , vous , & ma niece. Adieu.
C'eft moy qui vous le dis ; m'entendez-vous , mon
frere ?
Allons , Finette , allons.

### DEMOPHON.

Le joly caractere !

#### FINETTE.

Monfieur , une autre fois, ou bien ne parlez pas ;
Ou prenez , s'il vous plaît, de meilleurs Almanachs.
Ma Maîtreffe eft encor , malgré vous , jeune & belle ;
Et tous les Connoiffeurs vous la foûtiendront telle.

# SCENE VI.

## DEMOPHON.

J E jugeois à peu prés quels feroient fes difcours,
    Et j'ay fort prudemment cherché d'autres fecours.
Allons voir le Notaire , & prenons des mefures,
Pour rendre, s'il fe peut , les affaires bien feures.
Si l'homme en queftion eft tel qu'on me l'a dit,
Terminons au plûtoft l'Hymen dont il s'agit.

*Fin du Premier Acte.*

# ACTE II.

## SCENE PREMIERE.

### LE CHEVALIER, VALENTIN.

#### VALENTIN.

 OTRE frere eſt trouvé, mais ce n'eſt
    pas ſans peine ;
Vous m'en voyez, Monſieur, encor
    tout hors d'haleine ;
J'avois couru Paris de l'un à l'autre
    bout ;
Au Coche, au Meſſager, à la Poſte, & par-tout ;
Et je vous avertis que je n'ay paſſé ruë,
Où quelque Creancier ne m'ait choqué la vûë :
J'ay même rencontré ce Gaſcon, ce Marquis
A qui depuis un an nous devons cent loüis.

#### LE CHEVALIER.

J'ay honte de devoir ſi long-temps cette ſomme,
Il me l'a, tu le ſçais, prêtée en galant homme ;
Et du premier argent que je pourray toucher,
De m'acquitter vers luy rien ne peut m'empêcher.

#### VALENTIN.

Tant mieux, ne ſçachant plus enfin quel party prendre,
A la Doüanne encor j'ay bien voulu me rendre ;
Là j'ay vû votre Frere, au milieu des Commis,
Qui s'emportoit contre eux du qui pro quo commis.
Je l'ay connu de loin, & cette reſſemblance
Dont vous m'avez parlé, paſſe toute croyance.
Le viſage & les traits, l'air & le ton de voix,

Ce n'est qu'un, je m'y suis trompé plus d'une fois:
Son esprit, il est vray, n'est pas semblable au vôtre.
Il est brusque, impoli, son humeur est toute autre;
On voit bien qu'il n'a pas goûté l'air de Paris,
Et c'est un franc Picard qui tient de son pays.

### LE CHEVALIER.

On doit peu s'étonner de cet air de rudesse,
Dans un Provincial nourri sans politesse;
Et ce n'est qu'à Paris que l'on perd aujourd'huy
Cet air sauvage & dur qui regne encore en luy.

### VALENTIN.

De loin, comme j'ay dit, j'observois sa querelle,
Et quand il est sorty j'ay fait briller mon zele;
J'ay flaté son esprit; enfin j'ay si bien fait,
Qu'il veut, comme je croy, me prendre pour valet.
Il s'est même informé pour une hôtellerie.
Moy, dans les hauts projets dont mon ame est remplie,
J'ay d'abord enseigné l'auberge que voicy,
Il doit dans un moment me venir joindre icy.

### LE CHEVALIER.

Quels sont ces hauts projets dont ton ame est charmée?

### VALENTIN.

La fortune aujourd'huy me paroît desarmée.
Tantôt, chemin faisant, j'ay cru, sans me flatter.
Que de la ressemblance on pourroit profiter,
Pour obtenir plutôt Isabelle du pere,
Et tirer, qui plus est, cet argent du Notaire.
Ce seroit deux beaux coups à la fois.

### LE CHEVALIER.
Ouy vraymcnt.

### VALENTIN.

Cela pourroit peut-être arriver aisément.
A notre Campagnard nous donnerions la Tante;
Pour vous seroit la Niece, & pour moy la Suivante.

### LE CHEVALIER.

Mais comment ferions-nous dans ce hardi dessein,

Pour mettre promptement cette affaire en bon train ?

### VALENTIN.

Il faut premierement quitter cette parure,
Prendre d'un heritier l'habit & la figure,
L'air entre triste & gay. Le deüil vous sied-il bien ?

### LE CHEVALIER.

Si c'est comme heritier, ma foy je n'en sçay rien ;
Jamais succession ne m'est encor venuë.

### VALENTIN.

Faites bien le dolent à la premiere vuë ;
Imposez au Notaire, & soyez diligent,
Autant que vous pourrez, à toucher cet argent.

### LE CHEVALIER.

J'ay de tromper mon frere au fond quelque scrupule.

### VALENTIN.

Quelle delicatesse & vaine & ridicule !
Nantissez-vous de tout, sans rien mettre au hazard ;
Apres, à votre gré vous luy ferez sa part.
S'il tenoit cet argent, il se pourroit bien faire
Qu'il n'auroit pas pour vous un si bon caractere.

### LE CHEVALIER.

Si pour ce bien offert tu me vois quelque ardeur,
C'est pour mieux meriter Isabelle & son cœur.
Je l'adore, & je puis te dire en confidence
Qu'elle ne me voit pas avec indifference ;
Son pere n'en sçait rien, & ne me connoît pas ;
Pour l'obtenir de luy je n'ay fait aucun pas,
Et n'ayant pour tout bien que la cappe & l'épée,
Toute mon esperance auroit été trompée ;
Quelque raison encor m'arreste en ce moment.

### VALENTIN.

Quelle est-elle ?

### LE CHEVALIER.

J'ay pris certain engagement,
Et promis par écrit d'épouser Araminte.

### VALENTIN.

Sur cet engagement bannissez votre crainte ;
Bon ! Si l'on épousoit autant qu'on le promet,

On se mariroit plus que la Loy ne permet,
Allons au fait ; pour mettre en état notre affaire,
Il faut eftre vêtu comme l'eft votre frere,
Il porte le grand deuil, fon linge eft éfilé,
Un baudrier noüé d'un crêpe tortillé,
Sa perruque de peu differe de la vôtre ;
Ainfi, vous n'aurez pas befoin d'en prendre une autre
Allez vous encrêper, fans perdre un feul inftant.

LE CHEVALIER.

Pour dîner avec elle Araminte m'attend.

VALENTIN.

Vous avez maintenant bien autre chofe à faire,
Vous dinerez demain : je croy voir votre frere,
Il vient de ce côté, je ne me trompe pas ;
Vous, de cet autre-cy marchez, doublez le pas.

LE CHEVALIER.

Mais dis-moy cependant . . .

VALENTIN.

Je n'ay rien à vous dire,
De tout dans un moment je fçauray vous inftruire.

# SCENE II.

## MENECHME, *en deuil,* VALENTIN.

### VALENTIN.

A La fin vous voila, Monfieur. Depuis long-temps,
Pour tenir ma parole, icy je vous attens.

MENECHME.

Ouy vrayment me voila, mais j'ay cru de ma vie,
Ne pouvoir arriver à votre hotellerie.
Quel pays ! quel enfer ! J'ay fait cent mille tours,

Je n'ay jamais couru tant de risque en mes jours.
On ne peut faire un pas, que l'on ne trouve un piege ;
Par-tout quelque filou m'investit & m'assiege ;
Là, l'épée à la main, des Archers malfaisans,
Conduisant leur capture, insultent les passans :
Un Fiacre me couvrant d'un deluge de boüe,
Contre le mur voisin m'écrase de sa roüe ;
Et voulant me sauver, des porteurs inhumains,
De leur maudit bâton, me donnent dans les reins.
Quel bruit confus ! quels cris ! je croy qu'en cette ville
Le diable a pour jamais élu son domicile.

### VALENTIN.

Oh ! Paris est un lieu de tumulte & d'éclat.
### MENECHME.
Comment ? j'aimerois mieux cent fois être au sabat,
Un bois plein de voleurs est plus sûr. Ma valise,
Contre la foy publique, en arrivant m'est prise ;
On la change en une autre, où ce qui fut dedans,
A le bien estimer, ne vaut pas quinze francs :
Des billets doux de femme y sont pour toutes hardes.
### VALENTIN.
Il faut en ce pays être un peu sur ses gardes.
### MENECHME.
Je ne le voy que trop : suffit, ce coup de main
Me rendra desormais plus alerte & plus fin.
Heureusement encor, laissant ma malle au coche,
J'ay mis fort prudemment mon argent dans ma poche.

### VALENTIN.

En toute occasion on voit les gens d'esprit.
Je vous ay dans ce lieu fait preparer un lit,
Dans un appartement fort propre & fort tranquille ;
Comptez-vous de rester long-temps en cette ville ?
### MENECHME.
Le moins que je pourray ; je n'ay pas trop sujet
De me loüer fort d'elle, & d'estre satisfait ;
Je viens m'y marier.

VALENTIN.

       C'eſt pourtant une affaire
Que l'on ne conclut pas en un jour, d'ordinaire.

MENECHME.

J'y viens pour prendre auſſi ſoixante mil écus,
Qu'un Oncle que j'avois, & qu'enfin je n'ay plus,
Attendu qu'il eſt mort, par grace ſinguliere
M'a laiſſé depuis peu comme à ſon Legataire.

VALENTIN.

Tout eſt-il pour vous ſeul, Monſieur?

MENECHME.

          Aſſurément,
La guere m'a défait d'un frere heureuſement.
Depuis prés de vingt ans, à la fleur de ſon âge,
Il a de l'autre monde entrepris le voyage,
Et n'eſt point revenu.

VALENTIN.

      Le Ciel luy faſſe paix,
Et dans tous vos deſſeins vous donne un plein ſuccés.
Si vous avez beſoin de mon petit ſervice,
Vous pouvez m'employer, Monſieur, à tout office;
Je connois tout Paris, & je ſuis toûjours preſt
A ſervir mes amis ſans aucun intereſt.

MENECHME.

Ne ſçauriez-vous me dire où loge un certain homme,
Un honnête Bourgeois, que Demophon l'on nomme?

VALENTIN.

Demophon?

MENECHME.

    Juſtement, c'eſt ainſi qu'il a nom.

VALENTIN.

Qui vous peut enſeigner mieux que moy ſa maiſon?
Nous irons; avez-vous avec luy quelque affaire?

MENECHME.

Ouy. Sçauriez-vous encore où demeure un Notaire,
Qu'on nomme Robertin?

VALENTIN.

      Ah! vrayment, je le croy,

Vous ne pouvez pas mieux vous adresser qu'à moy :
Il est de mes amis, & nous irons ensemble.
Mais j'apperçois Finette : ah ! juste Ciel ! je tremble
Qu'elle ne vienne icy gâter ce que j'ay fait.

## SCENE III.

### FINETTE, MENECHME, VALENTIN.

#### FINETTE.

QUe diantre fais-tu là planté comme un piquet ?
Le dîner se morfond, ma Maîtresse s'ennuye.
Ah ! vous voila, Monsieur, vrayment j'en suis ravie.

#### MENECHME.

Et pourquoy donc ?

#### FINETTE.

J'allois au devant de vos pas,
Voir qui peut empêcher que vous ne venez pas :
Ma Maîtresse ne peut en devenir la cause.
Mais qu'est-ce donc, Monsieur? quelle metamorphose?
Pourquoy cet habit noir & ce lugubre accueil ?
En peu de temps, vrayment, vous avez pris le deuil.
Faut-t'il pour un dîner, s'habiller de la sorte ?
Venez-vous d'un convoy, Monsieur ?

#### MENECHME.

Que vous importe ?
Je suis comme il me plaist : les filles en ces lieux
Ont l'abord familier, & l'esprit curieux.

#### VALENTIN.

C'est l'humeur du Pays ; & sans beaucoup d'instance,
Avec les Estrangers elles font connoissance.

#### FINETTE.

Mon zele de ces soins ne peut se dispenser ;

A ce qui vous survient je dois m'interesser :
Ma Maîtresse a pour vous une tendresse extrême,
Et je dois l'imiter.

### MENECHME.

Votre Maîtresse m'aime ?

### FINETTE.

Ne le sçavez-vous pas ?

### MENECHME.

Je veux être pendu,
Si jusqu'à ce moment j'en ay jamais rien sçû.

### FINETTE.

Vous en avez pourtant déja fait quelque épreuve.
Et si vous en voulez de plus solide preuve,
Quand vous souhaiterez, vous serez son Epoux.

### MENECHME.

Je seray son Epoux ?

### FINETTE.

Ouy vrayment.

### MENECHME.

Qui, moy !

### FINETTE.

Vous,
Vous n'avez pas, je croy, d'autre dessein en tête.

### MENECHME.

La proposition est ma foy fort honnête.
Voilà, sur ma parole, une Agente d'amour,

### VALENTIN.

Elle en a bien la mine.

### FINETTE.

Avant votre retour
Mille Amans sont venus s'offrir à ma Maîtresse ;
Mais Menechme est le seul qui flate sa tendresse.

### MENECHME.

D'où sçavez-vous mon nom ?

### FINETTE.

D'où vous sçavez le mien.

### MENECHME.

D'où je sçais le vôtre ?

FINETTE.

**FINETTE.**

Ouy.

**MENECHME.**

Je n'en sçûs jamais rien.
Je ne vous connois point.

**FINETTE.**

A quoy bon cette feinte ?
Je me nomme Finette, & sers chez Araminte,
Et plus de mille fois je vous ay vû chez nous.

**MENECHME.**

Vous servez chez elle ?

**FINETTE.**

Ouy.

**MENECHME.**

Ma foy, tant pis pour vous.
Je ne m'y connois pas ; ou bien, sur ma parole,
Vous êtes là, ma mie, en tres-mauvaise école.

**FINETTE.**

Laissons ce badinage ; en un mot comme en cent,
Ma Maîtresse à dîner chez elle vous attend.
Pour vous faire trouver meilleure compagnie,
Elle a dans ce repas invité son amie :
Belle, & de bonne humeur, qui loge en son quartier.

**MENECHME.**

Votre Maîtresse fait un fort joly métier.

**FINETTE** à *Valentin.*

Mais, parle-moy donc, toy. Quelle vapeur nouvelle
A pû dans un moment déranger sa cervelle ?

**VALENTIN** *bas à Finette.*

Depuis un certain temps il est assez sujet
A des distractions dont tu peux voir l'effet.
Il me tient quelquefois un discours vain & vague,
A tel point, qu'on diroit souvent qu'il extravague.

**FINETTE.**

Tantôt il paroissoit assez sage ; & peut-on
Perdre en si peu de temps & memoire & raison ?
Voulez-vous, de bon sens, me dire une parole ?

L

MENECHME.

Mais vous-même, ma mie, êtes-vous yvre ou folle;
De me baliverner avec vos contes bleux,
Et me faire enrager depuis une heure ou deux ?
Qu'est-ce qu'une Araminte, un objet qui m'adore,
Une Amie, un dîner, & cent discours encore
Tous plus sots l'un que l'autre, à quoy l'on ne comprend
prend
Non plus qu'à de l'Algebre, ou bien à l'Alcoran.

FINETTE.

Vous ne voulez donc pas être plus raisonnable,
Ny dîner au logis ?

MENECHME.

Non, je me donne au diable.
Votre Maîtresse ailleurs, en ses nobles projets,
Peut à d'autres oyseaux rendre ses trebuchets.
Et vous, son Emissaire & son honnête Agente,
C'est un vilain employ que celuy d'Intriguante;
Quelque malheur enfin vous en arrivera;
Je vous en avertis, quittez ce métier-là :
Faites votre profit de cette remontrance.

FINETTE.

Nous verrons, si dans peu vous aurez l'insolence
De faire à ma Maîtresse un discours aussi sot :
Je vais luy dire tout, sans oublier un mot.
Adieu, digne Valet d'un trop indigne Maître;
J'espere que dans peu nous nous ferons connoître.
Je ne le connois plus, & ne sçais où j'en suis.

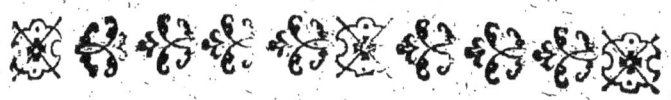

# SCENE IV.

## MENECHME, VALENTIN.

### MENECHME.

Quelle Ville, bon Dieu ! quel etrange Pays !
On me l'avoit bien dit, que ces femmes coquet-
tes,
Pour faire reüssir leurs pratiques secretes,
Des nouveaux débarquez s'informoient avec soin,
Pour leur dresser aprés quelque piege au besoin.

### VALENTIN.

Au Coche elle aura pû sçavoir comme on vous nomme ;
Et que vous arrivez pour toucher une somme.

### MENECHME.

Justement ; c'est de-là qu'elle a pû le sçavoir :
Mais contre leurs complots j'ay sçû me prévaloir ;
Et si de m'attraper quelqu'un se met en tête,
Il ne faut pas, ma foy, que ce soit une bête.

### VALENTIN.

Ne restons pas, Monsieur, en ce lieu plus long-
temps :
Les Femmes, à Paris, ont des attraits tentans,
Où les cœurs les plus fiers, enfin se laissent prendre ;

### MENECHME.

Votre conseil est bon : entrons sans plus attendre.

# SCENE V.

## ARAMINTE, FINETTE, MENECHME, VALENTIN.

### ARAMINTE.

Non, je ne croiray point ce que tu me dis-là.

### FINETTE.

Vous verrez si je ments : parlez-luy, le voilà.

### ARAMINTE.

Tandis que de vous voir je meurs d'impatience,
Vous témoignez, Monsieur, bien de l'indifference,
Le dîner vous attend ; & vous sçavez, je croy,
Que je n'ay de plaisir que lorsque je vous voy.

### MENECHME.

En verité, Madame, il faut que je vous dise....
Que je suis fort surpris.... & que dans ma surprise...
Je trouve surprenant... Je ne m'attendois pas
A voir ce que je voy.... car enfin vos appas,
Quoy qu'un peu... dérangez...pourroient bien me
     confondre ;
Si d'ailleurs.... Par ma foy, je ne sçay que repondre.

### ARAMINTE.

Le trouble où je vous vois, ce noir déguisement,
Ne m'annonce-t'il point de triste évenement ?
Vous est-il survenu quelque mauvaise affaire ?
Parlez, mon cher enfant, daignez ne me rien taire,
Vous estes-vous battu ?

### MENECHME.

        Jamais je ne me bats.

### ARAMINTE.

Tout mon bien est à vous, & ne l'épargnez pas.
Quand on s'aime, & qu'on a pour but de chastes chaî-
   nes,

Tout le bien & le mal, les plaifirs, & les peines,
Tout entre deux Amans doit ne devenir qu'un :
Il faut mettre nos maux & nos biens en commun ;
Et je veux, avec vous, courir même fortune.

#### MENECHME.

Je vous fuis obligé de vous voir fi commune.
Mais je n'uferay point de la communauté
Que vous m'offrez, Madame, avec tant de bonté.

#### ARAMINTE.

Mais je ne comprens point quels difcours font les
vôtres.

#### FINETTE.

Bon, Madame ! il m'en a tantoft tenu bien d'autres !

#### VALENTIN.

Dans fes difcours, par-fois, il eft impertinent.

#### ARAMINTE.

Entrons donc pour dîner.

#### MENECHME.

Je ne puis m'aintenant ;
J'ay quelqu'affaire ailleurs.

#### ARAMINTE.

J'ay tort de vous contraindre :
Mais de votre froideur l'ay fujet de tout craindre.

#### MENECHME.

Quel diantre de difcours ! Paffez, & laiffez-nous.
J'en ay jamais fenty ny froid ny chaud pour vous.

#### FINETTE.

Hé bien ! Peut-on plus loin porter l'impertinence ?
Ferme, Monfieur ; icy pouffez bien l'infolence.
Mais, ma foy, fi jamais chez nous vous revenez,
Je vous fais de la porte un mafque fur le nez.

#### MENECHME.

Quand j'iray, je confens, pour punir ma folie,
Que la porte fur moy fe brife, & m'eftropie.

#### ARAMINTE.

Mais d'où venez-vous donc ? Ne me deguifez rien.

#### MENECHME.

Vous feignez l'ignorer, mais vous le fçavez bien.

N'avez-vous pas tantoſt envoyé voir au Coche
Qui je ſuis, d'où je viens, où je vais ?

### ARAMINTE.

Quel reproche
Et de quel Coche icy me voulez-vous parler ?

### MENECHME.

Du Coche le plus rude ou mortel puiſſe aller ;
Et je ne penſe pas que de Paris à Rome,
Un autre, tel qu'il ſoit, cahote mieux ſon homme.

### ARAMINTE.

Finette, il perd l'eſprit.

### FINETTE.

Il ne perd pas beaucoup ;
Il faut aſſurément qu'il ait trop bû d'un coup :
C'eſt le vin qui le porte à ces extravagances.

### MENECHME.

Je ſuis las, à la fin, de tant d'impertinences ;
Des ſoins plus importans me mettent en ſoucy :
C'eſt pour les terminer que l'on me voit icy,
Et non pas pour dîner avec des Creatures
Qui viennent, comme vous, chercher des avantures.

### ARAMINTE.

Des Creatures ! Ciel ! Quels termes ſont-ce là !

### FINETTE.

Des Creatures ! Nous ! Ah ! Madame, voilà
Les deux plus grands Fripons . . . Si vous m'en vou-
lez croire,
Frotons-les comme il faut, pour venger notre gloire.

### MENECHME.

Doucement, s'il vous plaît ; moderez votre ardeur.

### FINETTE.

Je ne me ſuis jamais ſenty tant de vigueur.
J'auray ſoin du Valet ; n'épargnez pas le Maître.

### VALENTIN.

De tout ce different je ne veux rien connoître ;
Et je ne prétens point me battre contre toy.
Si l'on vous brutaliſe, eſt-ce ma faute à moy ?

ARAMINTE.

Que je suis malheureuse ! & quelle est ma foiblesse,
D'avoir à cet ingrat declaré ma tendresse ?
Finette, tu le sçais, rien ne te fut caché.

FINETTE.

Perfide, scelerat ! ton cœur n'est point touché ?

MENECHME.

Là, là, consolez-vous. Si cet amour extréme
Est venu promptement, il passera de même.

ARAMINTE.

Va, n'attens plus de moy que haine & que rigueurs.

*Elle s'en va.*

MENECHME.

Bon ! Je me passeray fort bien de vos faveurs.

FINETTE.

Ah, maudit renegat, le plus méchant du monde !
Que le Ciel te punisse, & l'Enfer te confonde !
Si nous avions bien fait, nous t'aurions étranglé.
Il faut assurément qu'on l'ait ensorcelé,
Et ce n'est plus luy-même.

# SCENE VI.

## MENECHME, VALENTIN.

MENECHME.

A Dieu donc, mes Princesses ;
Choisissez mieux vos gens pour placer vos tendresses.
Mais voyez quelle rage, & quel déchaînement !
J'ay senty cependant un tendre mouvement,
Le diable m'a tenté ; j'ay trouvé la Suivante
D'un minois revenant, & fort appétissante.

L iiij

VALENTIN.

Vous avez jufqu'au bout bravement combattu,
Et l'on ne peut affez loüer votre vertu.
Mais entrons au plûtoft dans cet e Hôtellerie,
Pour n'être plus en butte à quelque brufquerie.
Là , fi vous me jugez digne de quelque employ,
Vous pourrez m'occuper , & vous fervir de moy.

MENECHME.

Je brûle cependant d'aller voir ma Maîtreffe ;
Un defir curieux plus que l'amour me preffe.

VALENTIN.

Lorfque vous aurez fait un tour dans la maifon,
Je vous y conduiray , fi vous le trouvez bon.

MENECHME.

Adieu , jufqu'au revoir.

VALENTIN feul.

Je vais trouver mon Maiftre ,
Sçavoir en quel état les chofes peuvent être ;
S'il agit de fa part, s'il a bon air en deuil.
Courage , Valentin ; ferme , bon pied , bon œil.

*Fin du fecond Acte.*

# ACTE III.

## SCENE PREMIERE.

**LE CHEVALIER** *vêtu en deüil,*
**VALENTIN.**

### VALENTIN.

 I EN n'eſt plus ſurprenant ; & votre reſ-
    ſemblance
Avec votre jumeau , paſſe la vray-ſem-
    blance.
Vous & luy ce n'eſt qu'un , étant vêtu de
    deuil ;
Il n'eſt homme à preſent dont vous ne trompiez l'œil.
On ne peut diſtinguer qui des deux eſt mon Maître ;
Et moy , votre valet , j'ay peine à vous connoître.
Pour ne m'y pas tromper , ſouffrez que de ma main ,
Je vous attache icy quelque ſigne certain :
Donnez-moy ce chapeau.

### LE CHEVALIER.

            Qu'en pretens- tu donc faire ?

**VALENTIN** *mettant une marque au chapeau.*
Vous marquer de ma marque ; ainſi que votre pere ,
Pous vous mieux diſtinguer , faiſoit fort prudemment.

### LE CHEVALIER.

Tu veux rire, je croy ?

### VALENTIN.

          Je ne ris nullement ;
Et je pourrois fort bien le premier m'y méprendre.

           L v

LE CHEVALIER.

Le Notaire à ces traits s'est déja laissé prendre ;
Il m'a receu d'abord d'un accueil obligeant ;
Et dans une heure , il doit me compter mon argent.

VALENTIN.

Quoy, Monsieur, il vous doit compter toute la somme?
Soixante mille écus ?

LE CHEVALIER.

Tout autant.

VALENTIN.

L'honnête homme !

D'autres , à ce Jumeau se sont déja mépris.
Pour vous , en ce lieu même, Araminte l'a pris ;
Et chez elle à disner a voulu l'introduire.
Luy surpris , interdit , & ne sçachant que dire,
Croyant qu'elle tendoit un piege à sa vertu,
L'a brusquement traitée, il s'est presque battu ;
Et si je n'avois pas appaisé la querelle ,
Il seroit arrivé mort d'homme ou de femelle.

LE CHEVALIER.

Mais n'a-t'il point sur moy quelques soupçons naissans?

VALENTIN.

Quel soupçon voulez-vous qu'il ait ? Depuis vingt ans
Il vous croit trop bien mort ; & jamais , quoy qu'on ose ,
Il ne peut du vray fait imaginer la cause.

LE CHEVALIER.

L'avanture est plaisante , & j'en ris à mon tour.
Mais voyons le beau-pere , & servons votre amour.
Heurte vîte.

# SCENE II.

## DEMOPHON, LE CHEVALIER, VALENTIN.

### VALENTIN.

EStes-vous, Monsieur un honnête
homme,
Appellé Demophon?

### DEMOPHON.

C'est ainsi qu'on me nomme.

### VALENTIN.

Je me re'oüis fort de vous avoir trouvé.
Voila mon Maistre icy fraîchement arrivé,
Qui se nomme Menechme, & qui vient de Peronne,
A dessein d'épouser votre fille en personne.

### DEMOPHON.

Ah! Monsieur, permettez que cet embrassement
Vous fasse voir l'excés de mon contentement.

### LE CHEVALIER.

Souffrez aussi, Monsieur, qu'une pareille joye,
Dans cet embrassement à vos yeux se deploye,
Et que tout le respect icy vous soit rendu
Que doit à son beau-pere un gendre pretendu.

### DEMOPHON.

Votre taille, votre air, votre esprit, tout m'enchan-
te,
Et mon ame seroit entierement contente,
Si votre oncle défunt, que je voyois souvent,
Pour voir cette alliance étoit encor vivant.

### LE CHEVALIER.

Ah! Monsieur, n'allez pas rappeller de sa cendre
Un Oncle que j'aimois d'une amitié bien tendre.

L vj

Ce garçon vous dira l'excés de mes douleurs,
Et combien à sa mort j'ay répandu de pleurs.

### VALENTIN.

Qu'à son ame le Ciel fasse misericorde !
Mais nous parler de luy, c'est toucher une corde
Bien triste... & qui pourroit ... Mais il étoit bien
    vieux.

### DEMOPHON.

Mais, point trop ; nous estions de même âge tous
    deux,
Cinquante ans environ.

### VALENTIN.

           Ce mot se peut entendre
En diverses façons, suivant qu'on le veut prendre,
Je dis qu'il étoit vieux pour son peu de santé ;
Il se plaignoit toujours de quelque infirmité.

### DEMOPHON.

Point du tout ; & je croy que dans toute sa vie
Il ne fut attaqué que de la maladie
Qui causa de sa mort le funeste accident.

### LE CHEVALIER.

C'étoit un corps de fer.

### VALENTIN.

           Il est vray... cependant....

### LE CHEVALIER.

Tais-toy donc.

### DEMOPHON.

           Ce discours peut r'ouvrir votre playe.
Prenons une matiere & plus vive & plus gaye.
Vous allez voir ma fille ; & j'ose me flatter
Que son air & ses traits pourront vous contenter.

### LE CHEVALIER.

Il faudra que pour moy le devoir sollicite ;
Je compte en verité bien peu sur mon merite.

### DEMOPHON.

Vous avez tres-grand tort, vous devez y compter,
Et du premier coup d'œil vous sçaurez l'enchanter.
Je me connois en gens, croyez-en ma parole ;

Et de plus, Isabelle est une cire molle,
Que je forme & paistris comme il me prend plaisir.
Quand vous ne seriez pas au gré de son desir,
( Ce qui me tromperoit bien fort ) je suis son pere ;
Et pour voir à mes loix combien elle défere,
Mettez-vous à l'écart, je m'en vais l'appeller,
Et sans être apperceu vous l'entendrez parler.

*Il entre chez luy.*

# SCENE III.

## LE CHEVALIER, VALENTIN.

### LE CHEVALIER.

L Aisse-moy seul icy, va-t'en trouver mon frere ;
 Empêche le sur-tout d'aller chez le Notaire,
C'est le point principal.

### VALENTIN.

J'en demeure d'accord :
Mais je ne pourray pas, dans son ardent transport,
L'empêcher de venir icy voir sa Maistresse ;
Ainsi je suis d'avis, quelque ardeur qui vous presse,
Que vous soyez succinct en discours amoureux.

### LE CHEVALIER.

Va viste, je ne suis qu'un moment en ces lieux.

# SCENE IV.

## DEMOPHON, ISABELLE,
## LE CHEVALIER à l'écart.

### DEMOPHON.

Isabelle, approchez.

#### ISABELLE.

Que voulez-vous, mon pere?

#### DEMOPHON.

Vous dire quatre mots, & vous parler d'affaire.
Un homme de Province, assez bienfait pourtant,
Doit pour vous épouser arriver à l'instant.

#### ISABELLE à part.

Qu'entens-je ?

#### DEMOPHON.

Ce party vous est fort convenable
La naissance, le bien, tout m'en est agréable,
Et la personne aussi sera de votre goût.

#### ISABELLE.

Mon pere, sans pousser ce discours jusqu'au bout,
Permettez-moy de dire, avecque déférence;
Et sans vouloir pour vous manquer d'obeïssance,
Que je ne prétens point me marier.

#### DEMOPHON.

Comment?

D'où vous vient pour l'hymen ce brusque éloignement?
Vous n'avez pas tenu toujours un tel langage.

#### ISABELLE.

Il est vray, mais enfin l'esprit vient avec l'âge:
J'en connois les dangers ; aujourd'huy les époux
Sont tous pour la plûpart, inconstants ou jaloux.
Ils veulent qu'une femme épouse leurs caprices;

Les plus parfaits sont ceux qui n'ont que peu de vices.
#### DEMOPHON.
Celuy-cy te plaira quand tu l'auras connu.
#### ISABELLE.
Tel qu'il soit, je le hais avant de l'avoir vû.
Il suffit que ce soit un homme de Province ;
Et je n'en voudrois pas, quand ce seroit un Prince.
#### LE CHEVALIER *se montrant.*
Madame, il ne faut pas si fort se déchaîner
Contre le malheureux que l'on veut vous donner :
Si vous le haïssez, il s'en peut trouver d'autres,
De qui les sentimens differeront des vôtres.
#### ISABELLE *à part.*
Que vois-je, juste Ciel ! & quel étonnement !
C'est Menechme, grands Dieux ! c'est luy, c'est
    mon Amant !
#### DEMOPHON.
Je suis au desespoir, qu'un dégoût témeraire
Ait rendu son esprit à mes loix si contraire :
Mais je l'obligeray, si vous le souhaitez …

#### LE CHEVALIER.

Non, ne contraignons point, Monsieur, ses volontez.
J'aimerois mieux mourir, que d'obliger Madame
A faire quelque effort qui contraignît son ame.
#### DEMOPHON.
Regarde le party qui t'estoit destiné ;
Un époux fait à peindre, un jeune homme bien né,
Dont l'esprit est egal au bien, à la naissance.
#### LE CHEVALIER.
J'avois tort de porter si haut mon esperance.
#### ISABELLE.
Quoy ? c'est-là le party que vous me proposiez ?

#### DEMOPHON.

Eh ouy, si dans mon choix vous ne me traversiez,
Si votre sot dégoût, & vos folles pensées,
Me rompoient mes desseins & toutes mes visées.

ISABELLE.

A ne vous point mentir , depuis que je l'ay vû ,
Mon cœur n'est plus si fort contre luy prevenu.

DEMOPHON.

Vous voyez ce que fait l'autorité d'un Pere !

LE CHEVALIER.

Vous n'avez plus pour moy cette haine severe ,
Et votre œil sans dédain s'accoutume à me voir ?

ISABELLE.

Mon Pere me l'ordonne , & je suis mon devoir.

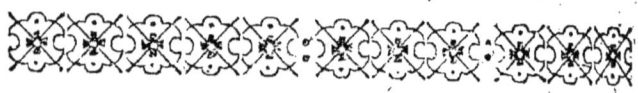

# SCENE V.

## ARAMINTE , LE CHEVALIER, DEMOPHON , ISABELLE.

ARAMINTE.

AH ! te voilà donc , traître ! Avec quelle impudence
Oses-tu dans ces lieux soûtenir ma presence ?
Aprés m'avoir traitée avec indignité ,
Ne crains-tu point l'effet de mon cœur irrité ?

LE CHEVALIER.

Madame , je ne sçay ce que vous voulez dire ;
Et ce brusque discours a de quoy m'interdire.
Vous me prenez icy pour un autre , je croy ;
Quel sujet auriez-vous de vous plaindre de moy ?

ARAMINTE.

Tu feins de l'ignorer , ame double & traîtresse !
Tu m'abusois , helas ! d'une feinte tendresse ;
Et moy , de bonne foy , je te donnois mon cœur ,
Sans connoistre le tien & toute sa noirceur.

LE CHEVALIER.

Vous m'honorez vrayment par delà mes merites ;

Mais je ne comprens rien à tout ce que vous dites.

### DEMOPHON.

Ma foy, ny moy non plus; mais dites-moy, ma sœur,
A quoy tend ce discours ? Quelle bizarre humeur...

### LE CHEVALIER.

Madame est votre sœur ?

### DEMOPHON.

Ouy, Monsieur, dont j'enrage;
De plus ma sœur aînée, & n'en est pas plus sage.
Quel caprice nouveau, quel demon, dis-je, enfin,
Vous oblige à venir, en faisant le lutin,
Scandaliser icy Monsieur qui de sa vie
Ne vous vit, ne connut, & n'en a nulle envie.

### ARAMINTE.

Il ne me connoist pas ! Vous estes fou, je crois.
Depuis plus de deux ans l'ingrat vit sous mes loix;
Il a fait de mon bien un assez long usage,
J'ay fait à mes dépens son dernier équipage;
Et si de ses malheurs je n'avois eu pitié,
Il auroit tout au long fait la Campagne à pié.

### DEMOPHON.

Je vous le disois bien, qu'elle étoit un peu folle.

### LE CHEVALIER.

Elle y vise assez.

### DEMOPHON.

Oh ! j'en donne ma parole.

### LE CHEVALIER.

Je ne veux pas icy m'exposer plus long-temps
A m'entendre tenir des discours insultans :
A Madame à present je quitte la partie,
Je reviendray si tôt qu'elle sera partie.

### DEMOPHON.

Ne vous arrestez point à tout ce qu'elle dit,
Il faut s'accommoder à son bizarre esprit.

### LE CHEVALIER

Pour un moment, Monsieur, souffrez que je vous
quitte,
Je reviens sur mes pas achever ma visite. *Il s'en va.*

ARAMINTE.

Ne crois pas m'échaper. Je connois vos defseins,
Vous voudriez tous deux l'arracher de mes mains,
Mais je veux l'époufer, en dépit de la fille,
Du pere, des parens, de toute la famille;
En dépit de luy-même, & de moy-même aufsi.

# SCENE VI.

## DEMOPHON, ISABELLE.

### DEMOPHON.

Quel vertigo l'agite, & la conduit icy?
Toujours de plus en plus fon cerveau fe démonte.

### ISABELLE.

Il eft vray que fouvent pour elle j'en ay honte.

### DEMOPHON.

Je crains que cette femme, avec fa brufque humeur,
Ne foit venuë icy caufer quelque malheur.

# SCENE VII.

## MENECHME, VALENTIN, DEMOPHON, ISABELLE.

### VALENTIN à Menechme.

Ouy, Monfieur, les voila, la fille avec le pere.
Vous pouvez avec eux parler de votre affaire.

## DEMOPHON.

Ah! Monsieur! pour ma sœur, & pour sa vision,
Il faut, ma fille & moy, vous demander pardon.
Vous sçavez bien qu'il est, en femmes comme en filles,
Des esprits de travers dans toutes les familles.

### MENECHME.

Ouy, Monsieur.

## DEMOPHON.

Vous voila promptement de retour?
J'en suis ravy.

## MENECHME.

Je viens vous donner le bon jour,
Et par même moyen, Amant tendre & fidelle,
Epouser une fille appellée Isabelle,
Dont vous êtes le pere, à ce que chacun dit.
En peu de mots voila tout ce qui me conduit.

## DEMOPHON.

Je vous l'ay déja dit, & je vous le repete,
Combien de ce party mon ame est satisfaite;
Ma fille en est contente, elle vous a fait voir
Qu'elle suit maintenant l'amour & le devoir.
Elle a senty d'abord un peu de repugnance;
Mais vous voyant, son cœur n'a plus fait de défence.

### MENECHME.

Nous nous sommes donc vûs quelquefois?

## DEMOPHON.

À l'instant,
Vous sortez d'avec elle, & paroissez content.

### MENECHME.

Moy? je sors d'avec elle?

## DEMOPHON.

Ouy, sans doute, vous-même,
Nous avions de vous voir une allegresse extrême,
Quand ma sœur est venuë avec ses sots discours,
De notre conference interrompre le cours.
Se peut-il que si-tôt vous perdiez la memoire?

### MENECHME.

Nous revons vous ou moy. Quoy? vous me ferez
croire

Que j'ay vû votre fille ? En quel temps? comment ? où?

DEMOPHON.

Tout à l'heure, en ces lieux.

MENECHME.

Allez, vous êtes fou.
C'eſt me faire paſſer pour un viſionnaire,
Et ce debut, tout franc, ne me ſatisfait guere.
Quoy qu'il en ſoit enfin, à preſent je la vois,
Que ce ſoit la premiere ou la ſeconde fois,
Il importe fort peu pour notre mariage.

DEMOPHON bas.

Cet homme dans l'abord me paroiſſoit plus ſage.

MENECHME.

Madame, on m'a vanté par écrit vos appas,
J'en ſuis aſſez content? mais j'en fais peu de cas,
Quand l'eſprit ne va pas de pair avec les charmes,
C'eſt à vous là-deſſus à guerir mes allarmes;
J'en diray mon avis quand vous auray parlé.

ISABELLE à part.

Je ne le connois plus, ſon eſprit s'eſt troublé.

MENECHME.

J'aime les gens d'eſprit plus que perſonne en France,
J'en ay du plus brillant; & le tout ſans ſcience.
Je trouve que l'étude eſt le parfait moyen
De gâter la jeuneſſe, & n'eſt utile à rien.
Auſſi, je n'ay jamais mis le nez dans un livre:
Et quand un Gentilhomme, en commençant à vivre,
Sçait tirer en volant, boire, & ſigner ſon nom,
Il eſt auſſi ſçavant que deffunt Ciceron.

DEMOPHON.

Prendiez-vous une Charge à la Cour, à l'Armée?

MENECHME.

Mon ame dans ce choix eſt indéterminée.
La Cour auroit pour moy d'aſſez puiſſans appas,
Si la ſujetion ne me fatiguoit pas.
La Guerre me feroit d'ailleurs aſſez d'envie,
Si des gens bien verſez en l'Art d'Aſtrologie,
Ne m'avoient aſſûré que je vivray cent ans.

Or comme les Guerriers vont peu jusqu'à ce temps,
Quoy que mon nom fameux pût voler dans l'Europe,
Je veux, si je le puis, remplir mon horoscope.
Oh! j'aime à vivre, moy.

### VALENTIN.

Vous estes de bon sens.

### ISABELLE *bas*.

Quel discours! quel travers! Est-ce luy que j'entens?

### MENECHME.

Qu'avez-vous, s'il vous plaît? vous paroissez surprise;
Comme si je disois icy quelque sottise.
Vous avez bien la mine, & soit dit entre nous,
De faire peu de cas des leçons d'un Epoux.

### ISABELLE.

Je sçay à quel devoir l'état de femme engage.

### MENECHME.

Jusqu'icy je vous crois & vertueuse & sage.
Cependant ce regard amoureux & fripon,
Pour le temps à venir ne me dit rien de bon,
J'en tire un argument, sans être Philosophe,
Que vous me reservez à quelque Catastrophe.
Plaît-t'il? qu'en dites-vous?

### DEMOPHON.

Monsieur, ne craignez rien?
Isabelle, toujours, doit se porter au bien.

### ISABELLE.

Ciel! peut-on me tenir de tels discours en face?
Mon pere, permettez que je quitte la place,
Monsieur me flate trop: ses tendres complimens
Me font connoître assez quels sont ses sentimens.

# SCENE VIII.

## DEMOPHON, MENECHME, VALENTIN.

#### DEMOPHON bas.

MOn Gendre avoit d'abord de plus belles manieres.

#### MENECHME.

Les filles n'aiment pas les hommes si sinceres.

#### VALENTIN.

Vous ne les flatez pas.

#### MENECHME.

Oh ! parbleu, je suis franc.
Femme, Maîtresse, Amy, tout m'est indifferent :
Je ne me contrains pas, & dis ce que je pense.

#### DEMOPHON.

C'est bien fait : vous aurez, je croy, la complaisance
De ne plus demeurer autre-part que chez moy ?

#### MENECHME.

Je reçois cette grace ainsi que je le doy.
Mais il faut ...

#### DEMOPHON.

Vous souffrir en une hôtellerie !
Ce seroit un affront ...

#### MENECHME.

Laissez-moy, je vous prie,
Pour quelque temps encor vivre à ma liberté.

#### DEMOPHON,

Soit, je vais travailler à l'Hymen projetté.
( à part. )
Mon Gendre prétendu me paroist bien sauvage :
Mais le bien qu'il apporte est un grand avantage.

# SCENE IX.

## MENECHME, VALENTIN,

### MENECHME.

J'Ay donc vû là l'objet dont je seray l'Epoux ?
### VALENTIN.
Ouy, Monsieur, le voila.
### MENECHME.
Tout franc, qu'en dites-vous ?
### VALENTIN.
Mais, si vous souhaitez que je parle sans feinte,
De ses perfections je n'ay pas l'ame atteinte.
### MENECHME.
Ma foy, ny moy non plus
### VALENTIN *bas*.
Quel surcroît d'embarras !
Un de nos Creanciers tourne vers nous ses pas :
C'est le Marchand Fripier qui nous rend sa visite.

# SCENE X.

## M. COQUELET, MENECHME, VALENTIN.

### M. COQUELET.
DE mon petit devoir humblement je m'acquite.
J'ay ce matin, Monsieur, appris votre retour,
Et je viens des premiers vous donner le bon jour.

Nous eſtions tous pour vous en une peine extrême ;
Car dans notre maiſon tout le monde vous aime :
Moy, ma fille, ma femme ; elles trembloient de peur
Qu'il ne vous arrivât quelque coup de malheur.

### MENECHME.

M'aimer ſans m'avoir vû, voila de bonnes ames !
Je n'aurois jamais crû tant être aimé des femmes.

### M. COQUELET.

Nous le devons, Monſieur, pour plus d'une raiſon ;
Vous êtes dés long-temps amy de la maiſon.

### MENECHME.

Quel eſt cet homme-là ?

### VALENTIN bas.

C'eſt un viſionnaire,
Une eſpece de fou, d'un plaiſant caractere ;
Qui s'eſt mis dans l'eſprit, que tous les gens qu'il voit
Sont de ſes Debiteurs, & veut que cela ſoit ;
C'eſt ſa folie enfin : il n'aborde perſonne
Qu'un memoire à la main ; & déja je m'étonne
Qu'il ne vous ait point fait quelque ſot compliment.

### MENECHME.

Sa folie eſt nouvelle, & rare aſſurément.

### M. COQUELET.

Votre bonne ſanté, plus que l'on ne peut croire,
Me charme & me ravit. Voicy certain memoire,
Qu'avant votre départ je vous fis arrêter,
Et que vous me payrez, je croy, ſans conteſter.

### VALENTIN a Menechme.

Que vous avois-je dit ?

### M. COQUELET.

J'ay pendant votre abſence
Obtenu contre vous certain mot de Sentence,
Et par corps.

### MENECHME.

Et par corps ?

### M. COQUELET.

Mais, benin Creancier,
J'ay differé toujours d'en charger un Huiſſier :

De

De pourfuites, d'exploits il vous romproit la tête.

#### MENECHME.

Mais vous êtes vrayment trop bon & trop honnête !
Comment vous nomme-t'on ?

#### Mr. COQUELET.

Oh ! vous le fçavez b'en.

#### MENECHME.

Je veux être un Maraut fi j'en fçus jamais rien.

#### Mr. COQUELET.

Pourriez-vous oublier...

#### VALENTIN prenant Mr. Coquelet à part,

Ignorez-vous encore
Le mal qui le poffede ?

#### Mr. COQUELET.

Ouy, vrayment, je l'ignore.

#### VALENTIN à part.

Sa memoire eft perduë, il ne fe fouvient plus
Ny de ce qu'il a fait, ny des gens qu'il a vûs.
Ainfi, de luy parler du paffé, c'eft folie :
Son nom même, fon nom, bien fouvent il l'oublie.

#### Mr. COQUELET.

Ciel ! que me dites-vous ? Quel trifte évenement ?
Et comment fe peut-il qu'à fon âge....

#### VALENTIN bas.

Comment ?
On l'a mis, à la guerre, en une batterie,
D'où le canon tiroit avec tant de furie,
Qu'il s'eft fait dans fa tefte une commotion,
Qui de fon fouvenir empêche l'action.
De fon foible cerveau ... la membrane trop tendre...
Oh ! l'effet du canon ne fçauroit fe comprendre.

#### Mr. COQUELET.

Je plains bien le malheur qui vous eft furvenu :
Mais je puis affurer que le tout m'eft bien dû.
Vous fçavez...

#### MENECHME.

Ouy, je fçay, fans en faire aucun doute,
Et voy que la raifon eft chez vous en déroute.

M

Mr. COQUELET.

Monfieur, fouvenez-vous que ce font des habits
Qu'à votre Regiment l'an paffé je fournis.

MENECHME.

Mon Regiment à moy ? Cherchez ailleurs vos dettes,
Et je n'ay pas le temps d'entendre vos fornettes ;
Vous êtes un vieux fou.

Mr. COQUELET.

Je fuis Marchand Fripier :
Mon nom eft Coquelet , Syndic & Marguillier.
Si vous avez perdu par malheur la memoire ,
Les articles font tous contenus au memoire.

*Il luy donne fon memoire,*

MENECHME.

T'en , voila ton memoire , & comme j'en fais cas.

*Il dechire le memoire , & luy jette les morceaux au*
*vifage.*

VALENTIN.

Ah, Monfieur ! contre un fou ne vous emportez pas,

Mr. COQUELET *ramaßant les morceaux.*

Déchirer un billet , le jetter à la face . . .
Vous eftes un fripon.

MENECHME.

Un fripon , moy ?

VALENTIN *fe mettant entre deux.*

De grace . . .

Mr. COQUELET.

Je vous feray bien voir . . . . .

VALENTIN.

Sans faire tant de bruit,

Plaignez plutôt l'état où le fort l'a réduit.

Mr. COQUELET.

Un memoire arrefté !

VALENTIN.

Ne faites point d'affaires.

Mr. COQUELET.

C'eft un crime effroyable , & digne des galeres.

MENECHME.

Laiffez-moy luy couper le nez.

VALENTIN.

Laiffez-le aller.

Que feriez-vous, Monfieur, du nez d'un Margaillier ?
Vous cauferez icy quelque accident funefte.

Mr. COQUELET.

Je veux eftre payé, je me mocque du refte.

VALENTIN.

Partez, Monfieur, partez. Voulez-vous de nouveau,
Par vos cris redoublez, ébranler fon cerveau ?

Mr. COQUELET.

Ouy, je pars, mais peut-eftre avant qu'il foit une
heure,
Je luy feray changer de ton & de demeure.
Serviteur.

## SCENE XI.

## MENECHME, VALENTIN.

### VALENTIN.

Contre un fou falloit-il vous fâcher !

MENECHME.

De quoy s'avife-t-il de me venir chercher,
Pour eftre le plaftron de fes impertinences ?
Qu'il prenne un autre champ pour fes extravagances.
Allons chez mon Notaire, & ne differons plus.

VALENTIN.

Prefentement, Monfieur, nos pas feroient perdus,
Il n'eft pas chez luy, mais bien-tôt il doit s'y rendre
Dans peu, pour l'aller voir, je reviendray vous
prendre.

M ij

Certain devoir preffant m'appelle à quatre pas.

### MENECHME.

Je vous attendray donc ; allez, ne tardez pas.
Je m'en vais un moment tranquiliser ma bile,
Tout est devenu fou, je croy, dans cette Ville.
Ma foy, de tous les gens que j'ay vûs aujourd'huy,
Je n'ay trouvé que moy de raisonnable, & luy.

### VALENTIN seul.

Je pretens l'obferver autour de cette Place.
Le poiffon de luy-mefme entre dans notre naffé ;
Tout fuccéde à mes vœux, & j'efpere en ce jour
Servir utilement la Fortune & l'Amour.


*Fin du troifième Acte.*

# ACTE IV.

## SCENE PREMIERE.

### VALENTIN.

'AY toujours obfervé cette porte de vûë,
Perfonne du logis n'eft forti dans la ruë;
Mon Maître a tout le temps de toucher
  fon argent,
Je reviens en ce lieu, miniftre diligent,
De crainte que notre homme allant chez le Notaire,
Ne faffe encor trop tôt découvrir le myftere.
Déja d'un Creancier il m'a debaraffé,
Je ris lorfque je penfe à ce qui s'eft paffé ;
Je les ay mis aux mains d'une ardeur affez vive.
Parbleu, vive les gens pleins d'imaginative !
Mais j'apperçois Finette, & mon cœur amoureux
Se fent en la voyant, brûler de nouveaux feux.

## SCENE II.

### FINETTE, VALENTIN.

#### FINETTE.

JE cherche icy ton Maître.

#### VALENTIN.

En attendant qu'il vienne,

M iij

Souffre que mon amour un moment t'entretienne,
Et que j'offre mon cœur à tes charmans attraits.

FINETTE.

Porte ailleurs tes prefents , ne me parle jamais.
Ton Maître m'a traitée avec tant d'infolence ,
Qu'il faut fur le Valet que j'en prenne vengeance.
M'appeller creature !

VALENTIN.

Ah ! cela ne vaut rien.
Il eft dur quelquefois & brutal comme un chien.

FINETTE.

J'ay de fes vilains mots l'oreille encor bleffée,
Et ma Maitreffe en eft fi fort fcandalifée,
Que rompant avec luy deformais tout à fait ,
Je viens luy demander & lettres & portrait.

VALENTIN.

Pour les lettres , d'accord ; c'eft un dépôt fterile,
Dont la garde , à mon fens, eft affez inutile :
Mais pour le portrait d'or ; attendu le métal,
Le cas , à mon avis , ne paroît pas égal.
Quand le befoin d'argent nous preffe & nous harcelle,
Tu fçais , ma pauvre enfant , qu'on troque la vaiffelle,

FINETTE.

Pourroit-on d'un portrait faire fi peu de cas ?

VALENTIN.

Nous nous fommes trouvez dans de grands embarras.
Mais depuis quelque temps un Oncle , un honnête
    homme ,
A peine pouvons-nous dire comme il fe nomme,
A bien voulu defcendre aux tenebreux manoirs,
Pour nous mettre à notre aife , & nous faire fes hoirs.
Soixante mil écus d'argent fec & liquide,
Ont mis notre fortune en un vol bien rapide.

FINETTE.

Ah, Ciel ! que me dis-tu ?

VALENTIN.

Je dis la verité.

### FINETTE.

Quoy, dans si peu de temps vous auriez herité?

### VALENTIN.

Bon! nous avons appris le mal de ce bon-homme,
La mort, le testament, & receu notre somme,
Dans le temps que tu mets à me le demander.
Mon Maistre est diablement habile à succeder.

### FINETTE.

Oh, je n'en doute point.

### VALENTIN.

Sois-en juge toy-même,
Tu vois bien qu'il feroit une sottise extrême,
S'il se picquoit encor d'avoir des feux constants:
Il faut bien dans la vie aller selon le temps.

### FINETTE.

Nous nous passerons bien d'Amans tels que vous êtes.

### VALENTIN.

A son exemple aussi, je quitte les soubrettes,
Mon amour veut dompter des cœurs d'un plus haut
   rang,
Je prends un vol plus fier, & suis haussé d'un cran.
Mes mains, de cet argent seront depositaires,
Et je vais me jetter, je crois, dans les affaires.

### FINETTE.

Dans les affaires, toy?

### VALENTIN.

Devant qu'il soit deux ans,
Je veux que l'on me voye, avec des airs fendans,
Dans un char magnifique, allant à la campagne,
Ibranler les pavez sous six chevaux d'Espagne.
Un Suisse à barbe torse, & nombre de valets,
Intendants, Cuisiniers, rempliront mon Palais;
Mon buffet ne sera qu'or & que porcelaine;
Le vin y coulera, comme l'eau dans la Seine;
Table ouverte à diner; & les jours libertins,
Quand je voudray donner des soupez clandestins,
J'auray vers le rempart quelque réduit commode,
Où je regaleray les beautez à la mode;

M iiij

Un'jour l'une , un jour l'autre ; & je veux à ton tour,
Et devant qu'il soit peu , t'y regaler un jour.

### FINETTE.

J'en suis d'avis !

### VALENTIN.

Pour toy ma tendresse est extrême :
Mais quelqu'un vient icy , c'est Menechme luy-même.
A vos ordres , Monsieur , vous me voyez rendu.

# SCENE III.

## MENECHME, FINETTE, VALENTIN.

### MENECHME.

Vous m'avez en ce lieu quelque temps attendu ;
Mais j'ay cherché long-temps un papier neces-
saire ,
Pour aller promptement finir chez le Notaire.

### FINETTE.

Ma Maistresse rompant avec vous tout à fait,
M'envoye icy , Monsieur , demander son portrait,
Ses lettres , ses bijoux ; en nous rendant les nôtres ,
Elle m'a commandé de vous rendre les vôtres.
Les voila.
*Elle tire de sa poche une boëte à portrait, & un pa-*
*quet de lettres.*

### MENECHME.

Tout cecy doit-il durer long-temps ?

### FINETTE.

C'est l'usage parmy tous les honnêtes gens,
Quand il est survenu rupture ou broüillerie,
Et que de se revoir on n'a plus nulle envie,
On se rend l'un à l'autre & lettres & portrait.

### MENECHME.

C'eft l'ufage?

### FINETTE.

Ouy, Monfieur, on n'y manque jamais,
Ce garçon vous dira que cela fe pratique,
Lorfque de fçavoir vivre & de monde on fe pique.

### VALENTIN.

Pour moy, dans pareil cas, toujours j'en ufe ainfi.

### MENECHME.

Sçavez-vous bien, ma mie, enfin que tout cecy
M'ennuye étrangement, me laffe, & me fatigue,
Et que pour vous payer de toute votre intrigue,
Vous pourriez bien fentir ce que pefe mon bras.

### FINETTE.

Mort non pas de mes jours, ne vous y jouez pas.
Voila votre portrait, & rendez-nous le nôtre.

### MENECHME.

Mon portrait! qu'eft-ce à dire?

### FINETTE.

Ouy, fans doute le vôtre
Que ma Maîtreffe prit en vous donnant le fien.

### MENECHME.

J'ay doné mon portrait à ta Maiftreffe?

### FINETTE.

Hé bien,
Allez-vous dire encor que ce font là des fables,
Et que rien n'eft plus faux?

### MENECHME.

Ouy, de par tous les diables,
Je le dis, le foutiens, & je le foutiendray.

### FINETTE.

Quoy, vous pourriez jurer, Monfieur?...

### MENECHME.

J'en jureray,
Je ne me fuis jamais ny fait graver, ny peindre.

### FINETTE.

Ah! l'abominable homme!

M v

VALENTIN.

Il n'eſt plus temps de feindre,
Si vous l'avez receu, dites-le ſans façon?
C'eſt pouſſer aſſez loin votre diſcretion.

MENECHME.

Je ne ſçay ce que c'eſt, ou l'Enfer me confonde.

FINETTE.

Votre portrait n'eſt pas dans cette boëte ronde?

MENECHME.

Non, à moins que le Diable à me nuire obſtiné,
Ne l'ait peint de ſa main, & ne vous l'ait donné.

FINETTE.

Quelle audace! quel front! Mais je veux le confondre.
Voyons à ce témoin ce qu'il pourra répondre.

*Elle ouvre la boëte.*

Hé bien? connoiſſez-vous ce viſage & ces traits?

MENECHME *conſiderant le portrait.*

Comment diable! c'eſt moy. Qui l'eût penſé jamais?
Ce ſont mes yeux, mon air.

VALENTIN *prenant le portrait.*

Voyons donc, je vous prie,
Mettons l'original auprés de la copie.
Par ma foy, c'eſt vous-même, & vous voila parlant.
Jamais Peintre ne fit portrait ſi reſſemblant.

MENECHME.

Il entre là-deſſous quelque ſorcellerie;
Ou du moins, j'entrevois quelque friponnerie.
Vous verrez qu'en venant par le Coche, à leurs frais,
Ces deux Coquines-là m'auront fait peindre exprés,
Pour me joüer icy de quelque ſtratagême.

FINETTE.

Finiſſons, s'il vous plaiſt.

MENECHME.

Oh! finiſſez vous-méme!
Allez apprendre ailleurs à connoiſtre vos gens,
Et ne me rompez point la teſte plus long-temps.

FINETTE.

Rendez donc le portrait.

MENECHME.

De qui ?

FINETTE.

De ma Maiſtreſſe.

MENECHME *la prenant par les épaules.*

Je ne ſçay ce que c'eſt, paſſe vite, & me laiſſe.

FINETTE.

Sçavez-vous bien, qu'avant de partir de ces lieux
Je pourrois bien, Monſieur, vous arracher les yeux ?

VALENTIN.

Pour éviter, Monſieur, de plus longue querelle,
Rendez-luy ſon portrait, & vous défaites d'elle.
Vous ſçavez ce que c'eſt qu'une Amante en courroux.
Les Enfers déchaînez ſeroient cent fois plus doux.

MENECHME.

Mais quand elle ſeroit mille fois plus diableſſe,
Je ne la connois point, elle ny ſa Maiſtreſſe.

VALENTIN à *Finette bas.*

Quoy qu'il diſe, l'amour le tient encor au cœur;
Je vais le ramener un peu par la douceur.
Tu reviendras tantoſt, je te feray tout rendre.

FINETTE.

Hé bien, juſqu'à ce temps je veux encore attendre
Mais ſi l'on manque aprés, à me faire raiſon,
Je reviens, & je mets le feu dans la maiſon.

M vj

# SCENE IV.

## MENECHME, VALENTIN.

### MENECHME.

Mais peut-on sur les gens être tant acharnée?
Pour me persecuter, l'Enfer l'a déchainée.

### VALENTIN.

Quand on est, comme vous, jeune, aimable & bien
fait,
A ces petits malheurs on est souvent sujet.
Entre Amans, tel dépit n'est qu'une bagatelle,
Je veux dés aujourd'huy vous remettre avec elle.
( Bas ) Mais je vois le Marquis, il tourne icy ses pas;
Les cent loüis nous vont donner de l'embarras.

# SCENE V.

## LE MARQUIS, MENECHME, VALENTIN.

### LE MARQUIS l'embrassant vivement.

He' cadedis, mon cher, quelle heureuse fortune!
Que je t'embrasse encor, & mille fois pour une.
Quelque contentement que j'aye à te revoir,
Regarde-moy, je suis outré de desespoir;
Le jour me scandalise, & voudrois contre quatre,
Pour terminer mon sort, trouver seul à me battre.

### MENECHME.

Monfieur, je fuis fâché de vous voir en courroux,
Mais je n'ay pas le temps de me battre avec vous.

### LE MARQUIS.

Un coup de piftolet me feroit coup de grace ;
Je voudrois que quelqu'un m'écrafat fur la place.

### MENECHME.

Quel eft ce Gafcon-là ?

### VALENTIN.

C'eft un de vos amis
Sans doute, & des plus chers.

### MENECHME.

Jamais je ne le vis.

### LE MARQUIS.

Je fors d'une maifon, que la terre engloutiffe,
Et qu'avec elle encor la nature perifle ;
Où jufqu'au dernier fou, j'ay quitté mon argent,
D'un maudit lanfquenet le caprice outrageant
M'oblige à te prier de vouloir bien me rendre
Cent loüis que de moy le befoin te fit prendre.
Excufe fi je viens icy t'importuner ;
En l'état où je fuis, on doit tout pardonner.

### MENECHME.

Je vous pardonne tout, pardonnez-moy de même,
Si je dis qu'en ce point ma furprife eft extrême ;
Je ne vous connois point ; comment auriez-vous pû
Me prêter cent loüis, ne m'ayant jamais vû ?

### LE MARQUIS.

Quel eft donc ce difcours ? il me pafle, à l'entendre.

### MENECHME.

Le vôtre eft-il pour moy plus facile à comprendre ?

### LE MARQUIS.

Vous ne me devez pas cent loüis ?

### MENECHME.

Non, ma foy.
Vous les avez prêtez à quelqu'autre qu'à moy.

### LE MARQUIS.

Il ne vous fouvient pas qu'allant en Allemagne,

Eſtant vuide d'argent pour faire la Campagne;
Sans âne ny mulet, prêt à demeurer là...

### MENECHME.

Je ne me ſouviens pas d'un mot de tout cela.

### LE MARQUIS.

Vous vintes me trouver pour vous faire reſſource;
Et que ſans déplacer, je vous ouvris ma bourſe.

### MENECHME.

A moy ? J'aurois perdu le ſens & la raiſon,
De prétendre emprunter de l'argent d'un Gaſcon.

### LE MARQUIS.

Cet homme-cy preſent peut rendre témoignage;
Il étoit avec vous, je remets ſon viſage.
Viens-ça, beliſtre, parle; oſeras-tu nier
Ce que ſon mauvais cœur tâche en vain d'oublier ?

### VALENTIN.

Monſieur...

### LE MARQUIS.

Parle; ou ma main de fureur poſſedée..

### VALENTIN.

Il m'en vient dans l'eſprit quelque confuſe idée.

### LE MARQUIS.

Quelque confuſe idée ? Oh moy, j'en ſuis certain.
Ça, Monſieur, mon argent, ou l'épée à la main.

### MENECHME.

Quoy ? pour ne vouloir pas vous donner cent piſtoles,
Il faut que je me batte ?

### LE MARQUIS.

Un peu; treve aux paroles,
Il me faut des effets, vîte, depêchez-vous.

### MENECHME.

Je ne ſuis point preſſé, de grace, expliquons nous.

### LE MARQUIS.

Point d'explication, la choſe eſt aſſez claire.

### MENECHME.

Mais, Monſieur...

### LE MARQUIS.

Mais, Monſieur! il faut me ſatisfaire.

## MENECHME.

Vous satisfaire, moy ? mais je ne vous dois rien ;
Faites-nous assigner, nous vous repondrons bien.

## LE MARQUIS.

Quand on me doit, voila le Sergent que je porte.

*Il met l'épée à la main.*

## MENECHME.

Juste Ciel ? quel brutal ! Si faut-il que j'en sorte.
Combien vous est-il dû ?

## LE MARQUIS.

L'avez-vous oublié ?
Cent loüis.

## MENECHME.

Cent loüis ! j'en payeray la moitié.

## LE MARQUIS.

Que je devienne atome, ou qu'à l'instant je meure,
Si vous ne me payez le tout dans un quart d'heure.

## VALENTIN.

Il nous tuera tous deux : Quand vous ne serez plus,
De quoy vous serviront quarante mille écus ?
Luy, n'a plus rien à perdre.

## MENECHME.

Il est pourtant bien rude.

## LE MARQUIS.

Que de reflexions, & que d'incertitude !

## MENECHME.

Si vous êtes si prompt, Monsieur, tant pis pour vous,
Il me faut plus de temps pour me mettre en courroux.
Je n'ay pas cent Loüis, mais en voila soixante.
( *à Valentin.* ) Tirez-moy de ses mains ; faites qu'il
se contente.
Ah ! si je n'avois pas herité depuis peu,
Je me battrois en diable, & nous verrions beau jeu.

## VALENTIN *au Marquis.*

Voila plus de moitié, Monsieur, de votre dette,
Demain on vous fera votre somme complette.

## LE MARQUIS *prenant la bourse.*

Adieu, Monsieur, adieu ; je vous croyois du cœur

Et vous m'aviez fait voir des sentimens d'honneur!
Mais cette occasion me prouve le contraire ;
Ne m'approchez jamais que de loin.... plus d'affaire,
Je serois degradé de noblesse chez nous ,
Si j'étois accosté d'un lâche tel que vous.

# SCENE VI.

## MENECHME, VALENTIN.

### MENECHME.

JE luy conseille encor de me chanter injure !
    Où suis-je ? quel pays ? quelle race parjure !
Hommes , Femmes , Passants , Marchands , Gascons,
    Commis ;
Pour me faire enrager tous semblent s'être unis.
Je n'en connois aucun; & tous , à les entendre ,
Sont mes meilleurs amis , & viennent me surprendre.
Allons voir mon Notaire, & sortons, si je puis,
Du coupe-gorge affreux , & du bois où je suis.
                                        *Il s'en va.*

### VALENTIN *courant aprés.*
Vous ne voulez donc pas que je vous y conduise ?
### MENECHME.
Je n'ay besoin de vous , ny de votre entremise ;
Je vous suis obligé des services rendus ,
A tout autre qu'à moy je ne me fieray plus ;
Et j'apprehende encor dans mon soupçon extrême ,
D'être d'intelligence à me tromper moy même.

# SCENE VII.

## VALENTIN.

LE pauvre diable en a, par ma foy, tout fon fou ;
Il faudra qu'il décampe, ou qu'il devienne fou.
Pour peu de temps encor qu'en ces lieux il habite,
De tous fes Creanciers mon Maître fera quitte.

# SCENE VIII.

## LE CHEVALIER, VALENTIN.

### LE CHEVALIER.

AH, mon cher Valentin ! tu me vois hors de moy;
Mon bonheur eft fi grand, qu'à peine je le croy.
J'ay receu mon argent ; regarde, je te prie,
Des billets que je tiens la force & l'énergie ;
Tous billets au porteur, des meilleurs de Paris :
L'un de trois mille écus, l'autre de neuf, de fix,
De huit, de cinq, de fept ; j'acheterois, je penfe,
Deux ou trois Marquifats des mieux rentez de
France.

### VALENTIN.

Quelle aubeine ! le bien vous vient de toutes parts ;
De grace, laiffez-moy promener mes regards
Sur ces billets moulez, dont l'ufage eft utile.
La belle impreffion ! les beaux noms ! le beau ftyle :
Ce font là les billets qu'il faut negocier,

Et non pas vos poulets, vos chifons de papier,
Où l'amour se distile en de fades paroles;
Et qui ne sont par-tout pleins que de fariboles.

LE CHEVALIER.

Va, j'en connois le prix tout aussi-bien que toy:
Mais jusqu'icy l'usage en fut peu fait pour moy,
J'espere à l'avenir m'en servir comme un autre.

VALENTIN.

Vous ignorez encor quel bonheur est le vôtre,
Votre frere pour vous vient encor d'être pris.
Le Marquis, qui jâdis nous prêta cent loüis,
Est venu brusquement luy demander la somme;
Votre frere d'abord a rembarré son homme:
Mais luy, sourd aux raisons qu'il a pu luy donner,
A voulu sur le champ le faire degaîner.
Notre Jumeau prudent n'en a voulu rien faire,
Et mettant à profit mon conseil salutaire,
Il en a delivré plus de moitié comptant,
Que le Marquis a pris toûjours en rabattant.

LE CHEVALIER.

Je luy suis obligé d'avoir payé mes dettes.

VALENTIN.

Vos obligations ne sont pas si parfaites;
Car avec Isabelle il vous a mis fort mal.

LE CHEVALIER.

Il l'a vûë?

VALENTIN.

Ouy vrayment; il est un peu brutal,
Ainsi que j'ay tantôt eu l'honneur de vous dire;
Il a sur son chapitre étendu sa satyre,
Et tenu face à face un propos aigre doux,
Qu'on met sur votre compte, & que l'on croit de vous.
Isabelle est sortie, à tel point courroucée...

LE CHEVALIER.

Il faut de cette erreur détromper sa pensée;
Mais je la vois paroître Où tournez-vous vos pas,
Madame, où fuyez-vous?

## SCENE IX.

ISABELLE , LE CHEVALIER ,
VALENTIN.

ISABELLE *traverfant le Theâtre.*

OU vous ne ferez pas.
### VALENTIN.
Voila le qui pro quo.
### ISABELLE.
Je vais chez Araminte ,
Luy dire que pour vous ma tendreffe eft éteinte.
Aimez-la , j'y confens , je fais vœu deformais
De vous fuir comme un monftre , & ne vous voir ja-
mais.
### LE CHEVALIER.
Madame . . .
### ISABELLE.
Pour le prix de l'ardeur la plus vive ,
Je ne reçois de vous qu'injure & qu'invective ;
Je vous parois fans foy , fans efprit , fans appas.
### LE CHEVALIER.
Madame , écoutez-moy.
### ISABELLE.
Non , je ne comprens pas ,
Si brutal que l'on foit , qu'on puiffe avoir l'audace
De dire , de fang froid , ces duretez en face.
### LE CHEVALIER.
Vous fçaurez qu'en ces lieux . . .
### ISABELLE.
Je ne veux rien fçavoir.
### LE CHEVALIER.
C'eft bien fait.

VALENTIN.

Ecoutez fans tant vous émouvoir.

ISABELLE.

Veux-tu que je m'expofe encore à fes fotifes ?

VALENTIN.

Mon Dieu, non ; fans fujet vous en venez aux prifes,
Je vais dans un moment diffiper ce foupçon.
Tous deux vous avez tort , & vous avez raifon.

ISABELLE.

Oh ! pour moy, j'ay raifon ; toy- même, fois-en juge.

LE CHEVALIER.

Et moy, je n'ay pas tort.

VALENTIN.

Tout ce petit grabuge
Entre vous excité, va finir en deux mots.
Monfieur vous a tantôt tenu certains propos
Affez durs, dites-vous ?

ISABELLE.

Hors de toute creance.

LE CHEVALIER.

Moy, je vous ay . . .

VALENTIN.

Paix donc, point tant de petulance ;
Je ne diray plus rien fi vous parlez toûjours.
L'Homme qui vous a fait d'impertinents difcours,
C'eft luy fans être luy, ce n'eft que fon image
De taille, de façon, de nom & de vifage :
Et quoy que l'un foit l'autre, ils different entr'eux.
Tous les deux ne font qu'un, & cependant font deux.
Ainfi c'eft l'autre luy, vêtu de fes dépoüilles,
Le portrait de Monfieur, qui vous a chanté poüilles.

ISABELLE.

De quels contes en l'air me fais-tu l'embarras ?

LE CHEVALIER.

Sans l'entendre parler, ne vous emportez pas.

VALENTIN.

La chofe, j'en conviens, ne paroît pas trop claire ;
Mais fçachez que Monfieur en ces lieux a fon frere ;

Frere jumeau , semblable & d'habit & de traits ,
Dont la langue a tantôt sur vous lancé ses traits ;
Vous l'avez pris pour luy : mais quoy qu'il soit sem-
    blable ,
L'autre est un faux brutal , voicy le veritable.

### ISABELLE.

Quelque étrange que soit ce surprenant recit ,
Je me plais à le croire , il flatte mon esprit ,
L'amour rend ma méprise , & juste & raisonnable.

### LE CHEVALIER.

Ce courroux à mes yeux vous rend plus adorable.
Souffrez que mon transport . . . .

*Il luy veut baiser la main.*

### ISABELLE.
Moderez ces desirs.

### LE CHEVALIER.

Je me méprens aussi ; transporté de plaisirs ,
Je pousse un peu trop loin mes tendres entreprises ;
Mais d'une & d'autre part oublions nos méprises.

### VALENTIN *montrant le chapeau.*

Pour ne vous plus tromper , regardez ce signal ,
Il doit dans l'embarras vous servir de fanal.
Mais n'allez pas tantôt, pardevant le Notaire ,
Epouser l'un pour l'autre , & prendre le contraire ;
Vous apprendrez par là quel est le vray des deux.

### ISABELLE.

Mon cœur me le dira bien plutôt que mes yeux.

### LE CHEVALIER.

Quoy qu'aujourd'huy le Ciel fasse pour ma fortune ,
Sans ce cœur, j'y renonce , & je n'en veux aucune.

VALENTIN.

Treve de compliments. Quand vous serez époux,
Il vous sera permis de tout dire entre vous ;
La gloire en d'autres lieux vous & moy nous appelle.
Que Madame à present en paix rentre chez elle ;
Nous , courons au Contrat, & qu'un heureux destin,
Comme il a commencé, mette l'affaire à fin.

*Fin du quatrième Acte.*

# ACTE V,

## SCENE PREMIERE.

### ARAMINTE, FINETTE.

#### FINETTE.

E vous dis vray, Madame, & je ne fçaurois
  croire
Que l'on puiſſe trouver une ame encor ſi
  noire.
Lorſque je l'ay preſſé de rendre le portrait,
Il a voulu me battre, & l'auroit, je croy, fait,
Si ſon Valet plus doux n'eût écarté l'orage.
Ah, Madame! armez-vous d'un généreux courage;
Pourſuivez votre pointe, & faites bien valoir
Les droits que la raiſon met en votre pouvoir.
Vous avez ſa promeſſe, il faut qu'il l'accompliſſe.

#### ARAMINTE.

Si je ne le fais pas, que le Ciel me puniſſe.

#### FINETTE.

Il n'eſt plus icy-bas, de foy, de probité,
Plus de foy, plus d'honneur, plus de ſincerité,
Les filles en ce temps ſi ſouvent attrapées,
Sur la foy des ſerments avoient eſté trompées;
Et voulant mettre un frein aux dégouſts des Amans,
Se faiſoient d'un écrit confirmer les ſermens.
Mais que leur ſert d'uſer de cette prevoyance,
Si les écrits trompeurs n'ont pas plus de puiſſance?

Je vois bien maintenant que dans ce siecle ingrat,
Il ne faut se fier que sur un bon Contrat.
Mais c'est notre destin : toûjours, tant que nous som-
   mes,
Nous serons les joüets & les dupes des hommes.

### ARAMINTE.

Va, j'ay bien resolu, dans mon cœur courroucé,
De vanger, si je puis, tout le Sexe offencé.

### FINETTE.

Quoy donc, il ne tiendra, pour engager le monde,
Qu'à venir étaler une perruque blonde ?
Une tête éventée, un petit freluquet,
Qui s'admire luy seul, & n'a que du caquet,
Parce qu'il a bon air, & qu'on a le cœur tendre,
Impunément viendra nous plaire, & nous surprendre,
Nous fera par écrit sa declaration,
Sans en venir aprés à la conclusion ?
Non, c'est une noirceur qui crie au Ciel vengeance,
Il faut de cet abus reprimer la licence ;
Et quand ce ne seroit que pour vous en vanger,
Il faudroit l'épouser pour le faire enrager.

### ARAMINTE.

Mais s'il ne m'aime point, quel sera l'avantage
Que me procurera ce triste Mariage ?

### FINETTE.

Est-ce donc pour s'aimer qu'on s'épouse à present ?
Cela fut bon du temps du monde adolescent ;
Et j'en vois tous les jours qui ne font pas un crime
D'épouser sans amour, & même sans estime.
Il faut se marier : vous estes dans un temps
Où les appas flétris s'effacent pour long-temps.
Ce conseil bien-faisant, que mon zele vous donne,
Je voudrois l'appliquer à ma propre personne ;
Et rester vieille fille, est un mal plus affreux,
Que tout ce que l'hymen a de plus dangereux.

SCENE

# SCENE II.

## DEMOPHON, ANGELIQUE, ARAMINTE, FINETTE.

### DEMOPHON.

LE hazard juſtement en ce lieu vous amene;
D'aller juſques chez vous, il m'épargne la peine.

### ARAMINTE.

Le hazard nous ſert donc tous deux également,
Mon frere ; car chez vous j'allois pareillement.
Vous m'épargnez des pas.

### DEMOPHON.

Toûjours preoccupée,
N'êtes-vous point, ma ſœur, encore detrompée !
Et ne voyez-vous pas que votre paſſion
N'eſt rien qu'une chimere & pure viſion ?
Finiſſez, croyez-moy ; n'allez pas davantage
Traverſer mes deſſeins, & montrez-vous plus ſage.

### ARAMINTE.

Sans rime ny raiſon, vous babillez toûjours ;
Mais vous ſçavez quel cas je fais de vos diſcours.
Menechme m'appartient, & voila la promeſſe
Qu'il me fit de ſa main, pour marquer ſa tendreſſe.

### DEMOPHON.

Mais juſqu'où va, ma ſœur, votre credulité ?

### ARAMINTE.

Il eſt, vous dis-je, à moy, je l'ay bien acheté.
Entendez-vous, ma Niece ?

### ISABELLE.

Ouy ſans doute, ma Tante,
J'entens bien.

N

ARAMINTE.

Sans mentir vous estes fort plaisante.
De vouloir m'enlever un cœur comme le sien,
Et vous approprier si hardiment mon bien !
Un procedé pareil est sot , & malhonneste.

ISABELLE.

Qui pourroit de vos mains ravir une conquête ?
Quand on est une fois frappé de vos attraits ,
Vos yeux vous sont garants qu'on ne change jamais.
Ce sont ces yeux charmants , qui les volent aux autres.

ARAMINTE.

Mes yeux sont pour le moins aussi beaux que les vôtres,
Et lorsque nous voudrons les employer tous deux ,
On verra qui de nous y reüssira mieux.

DEMOPHON.

Oh , je suis à la fin bien las de vous entendre.
Heureusement , icy je vois venir mon gendre.
( à Menechme. ) Vous n'amenez donc pas le Notaire
en ces lieux ?

## SCENE III.

MENECHME , DEMOPHON,
ARAMINTE , ISABELLE,
FINETTE.

MENECHME.

J'Ay cherché son logis en vain une heure ou deux,
Et je viens vous prier de m'y vouloir conduire.
Toujours quelque fâcheux a pris soin de me nuire.

DEMOPHON.

Je l'attens , & je crois qu'il ne tardera pas.

MENECHME.

L'un du bout de la Place, accourant à grands pas,
Comme le plus chery de mes amis fidelles,
Me vient de ma santé demander des nouvelles.
Un autre, à toute force, & me serrant la main,
Me veut mener souper au Cabaret prochain.
Celuy-cy m'arrêtant au détour d'une ruë,
Me force à luy payer une dette inconnuë;
Et de tous ces gens-là, me confonde l'Enfer,
Si j'en connois aucun, non plus que Lucifer.

ARAMINTE.

Traistre! c'en est donc fait? Malgré ta foy donnée,
Tu te veux engager dans un autre hymenée?
Malgré tous tes sermens, malgré ton premier choix?

MENECHME.

Ah! nous y voila donc encore une autre fois!

ARAMINTE.

Tu me quittes, perfide, ingrat, cœur infidelle;
Tu te fais un plaisir de ma peine cruelle;
Tu me vois expirante, & cedant à mon sort,
Sans donner seulement une larme à ma mort.

( Elle tombe sur Finette. )

MENECHME.

Cette femme est sur moy rudement endiablée!
Il faut assurément qu'on l'ait ensorcellée.
Faudra-t-il que toujours je sois dans l'embarras
Devoir une furie attachée à mes pas?

FINETTE.

Vous, qui pour nous jadis eutes tant de tendresse,
Verrez-vous dans mes bras expirer ma Maistresse?
Cette pauvre innocente a-t'elle merité
Qu'on payast son amour de tant de cruauté?

MENECHME.

Qu'elle expire en tes bras, que le diable l'emporte,
Et te puisse avec elle entraîner, que m'importe?
Déja pour mon repos, il devroit l'avoir fait.

ARAMINTE.

Perfide! je me veux vanger de ton forfait.

N ij

J'ay ta promesse en main , voila ta signature,
Je puis par ce témoin confondre l'imposture.

### MENECHME à *Demophon.*

Elle est folle à tel point , qu'on ne peut l'exprimer.
Travaillez au plutôt à la faire enfermer.

### DEMOPHON *lisant la promesse.*

Mais voila **votre** nom , Menechme. En confidence,
Avez-vous **avec elle** eu quelque intelligence ?
C'est ma sœur , & je puis assoupir tout cela.

### MENECHME.

Moy ! si j'ay jamais veu ces deux friponnes-là ,
Pardonnez-moy le mot , c'est votre sœur , n'importe,
Je veux bien à vos yeux , & devant que je sorte,
Que Sathan .... Lucifer ....

### DEMOPHON.

Je vous crois sans jurer.

### MENECHME.

Cette femme a fait vœu de me desesperer.
Esprit , démon , lutin , ombre , femme , ou furie,
Qui que tu sois enfin , laisse-moy , je te prie.

***

# SCENE IV.

## ROBERTIN , MENECHME, DEMOPHON , ISABELLE, ARAMINTE , FINETTE,

### DEMOPHON.

AH , Monsieur Robertin , vous venez justement,
Et nous vous attendons avec empressement.

### ROBERTIN.

Je vois avec plaisir toute la Compagnie
Dans un jour plein de joye en ce lieu reünie.

Je croy que ma presence icy ne déplaist pas,
Sur-tout à la future ; elle a beaucoup d'appas.
Mais un époux bien fait, tel que l'amour luy donne,
Malgré tous ses attraits, manquoit à sa personne.
Elle n'a maintenant plus rien à desirer.

### MENECHME.

Si ce n'est d'estre veuve, & me voir enterrer.
C'est ce qui met le comble au bonheur d'une femme.

### ISABELLE.

De pareils sentimens n'entrent point dans mon ame.

### ROBERTIN.

Monsieur ne pense pas aussi ce qu'il vous dit.
Votre beauté le charme autant que votre esprit ;
Je stipule pour luy que c'est un honneste homme.

### MENECHME.

Vous vous mocquez, Monsieur !

### ROBERTIN.

Et dans luy l'on renomme
La franchise de cœur qu'il a par preciput.

### MENECHME.

Je voudrois pouvoir être avec vous but à but.
C'est vous qui des vertus êtes le Protocole,
Et pour vous bien loüer je n'ay point de parole.

### ROBERTIN.

Puisque, comme je croy, vous êtes tous d'accord,
Il nous faut proceder.

### ARAMINTE.

Rien ne presse si fort.
A ce bel hymen, moy, s'il vous plaist, je m'oppose,
Et j'en ay dans les mains une tres-juste cause.

### DEMOPHON.

Vous direz vos raisons & vos griefs demain,
Ma sœur ; ne laissons pas d'aller notre chemin.

### ROBERTIN.

Voicy donc le Contrat ...

### MENECHME.

Mais, Monsieur le Notaire,
Avant tout, finissons une certaine affaire

N iij

Qui plus que celle-la me tient sans doute au cœur.
### ROBERTIN.
Tout ce qui vous convient est toujours le meilleur.
Je n'aurois pas usé de tant de diligence,
Si vous n'etiez venu chez moy me faire instance
De vouloir achever le Contrat au plutôt.
### MENECHME.
Vous m'avez veu chez vous ?
### ROBERTIN.
Ouy, Monsieur.
### MENECHME.
Quand ?
### ROBERTIN.
Tantôt.
### MENECHME.
Qui moy ? moy ?
### ROBERTIN.
Vous, ouy, vous ; au logis où j'habite
Vous m'avez fait l'honneur de me rendre visite.
Mais je l'ay bien payé. Soixante mille écus
N'ont pas rendu vos pas ny vos soins superflus.
### MENECHME.
Entendons-nous un peu. Que voulez-vous donc dire ?
### ROBERTIN.
Vous vous divertissez, vous avez de quoy rire.
### MENECHME.
Je ne ris nullement, & me fâche à la fin.
Ne vous nommez vous pas, s'il vous plaît, Robertin ?
### ROBERTIN.
Ouy, l'on me nomme ainsi.
### MENECHME.
N'êtes vous pas Notaire ?
### ROBERTIN.
Et de plus, honnête homme.
### MENECHME.
Oh ! c'est une autre affaire.
N'aviez-vous pas chez vous soixante mille écus
A moy ?

**ROBERTIN.**

Je les avois; mais je ne les ay plus.

**MENECHME.**

Comment donc ?

**ROBERTIN.**

N'est-ce pas Menechme qu'on vous nomme?

**MENECHME.**

Sans doute.

**ROBERTIN.**

C'est à vous que j'ay remis la somme,
En bon argent comptant, ou billets au porteur,
Dont j'ay votre quittance ; & c'est-là le meilleur.

**MENECHME.**

Quoy, Monsieur, vous auriez le front & l'insolence...

**ROBERTIN.**

Quoy, Monsieur, vous auriez l'audace & l'impudence . . . .

**MENECHME.**

De dire que j'ay pris soixante mille écus ?

**ROBERTIN.**

De nier hardiment de les avoir receus?

**MENECHME.**

Voila, je le confesse, un homme abominable !

**ROBERTIN.**

Voila, je vous l'avoue, un fourbe detestable !

**DEMOPHON.**

Hé, Messieurs, doucement, je suis pour vous honteux,
Et je ne sçais icy qui croire de vous deux.

**ISABELLE.**

Monsieur pourroit-il bien avoir l'ame assez noire ...

**ARAMINTE.**

Ouy, c'est un scelerat, qui du crime fait gloire.

**FINETTE.**

Faites-luy son procés, & s'il en est besoin,
Je serviray toujours contre luy de témoin.

N iiij

# SCENE V.

## VALENTIN, MENECHME, DEMOPHON, ARAMINTE, ISABELLE, FINETTE.

### VALENTIN.

HE', qu'eſt-ce donc, Meſſieurs ? voila bien du grabuge !

#### MENECHME.

De notre different cet homme ſera juge ;
Il ne m'a point quitté, je m'en rapporte à luy.
Qu'il parle. ( *à Valentin* ) Ay-je receu quelque argent
aujourd'huy
De Monſieur que voila ?

#### VALENTIN.

Sans doute, en belle eſpece.
Soixante mille écus que votre Oncle vous laiſſe,
Vous ont eſté comptez en argent ou valeur.

#### MENECHME *le prenant à la cravate.*

Ah, maudit faux témoin ! malheureux impoſteur !
Tu peux ſouteir ....

#### VALENTIN.

Ouy, je ſoutiens que la ſomme
A tantoſt eſté miſe entre les mains d'un homme
Semblable à vous d'habit, de mine, de hauteur,
Qui prétend épouſer la fille de Monſieur.
Il s'appelle Menechme, il eſt de Picardie ;
Et ſi vous le niez, c'eſt une perfidie.
Je leveray la main de tout ce que j'ay dit.

#### ROBERTIN.

Vous voyez, s'il ſe peut un plus méchant eſprit,

Plus noir, plus ſcelerat. Helas ! qu'alliez-vous faire ?
Je vous embarquois-là dans une belle affaire !

### DEMOPHON.

Je vous prenois, Monſieur, pour un homme de bien.
Mais je vois à preſent que vous ne valez rien.

### ARAMINTE.

Aprés qu'il m'a fait, il n'eſt point d'injuſtice,
De crimes, de noirceurs, dont il ne ſoit complice.

### FINETTE.

Traiſtre ! te voila donc à la fin confondu.
Sans autre procedure, il faut qu'il ſoit pendu.

### MENECHME.

Non, je ne penſe pas que l'Enfer ſoit capable
De vomir ſur la terre, en ſa rage execrable,
Des hommes, des démons ſi méchants que vous tous,
Et je ne puis parler, tant je ſuis en courroux.

# SCENE DERNIERE.

## LE CHEVALIER, MENECHME, DEMOPHON, ARAMINTE, ISABELLE, ROBERTIN, FINETTE, VALENTIN.

### LE CHEVALIER.

MA preſence, je crois, eſt icy neceſſaire,
Pour découvrir le fond d'un ſurprenant myſtere.

### DEMOPHON.

Qu'eſt-ce donc que je voy ?

### ROBERTIN.

Quel prodige en ces lieux ?

### ARAMINTE.

Quelle avanture ô Ciel ! dois-je en croire mes yeux ?

FINETTE.

Madame, je ne sçay si j'ay le regard trouble,
Si c'est quelque vapeur : mais enfin, je voy double.

MENECHME.

Quel objet se présente, & que me fait-on voir ?
C'est mon portrait qui marche, ou bien c'est mon
miroir.

LE CHEVALIER.

Pourquoy prendre, Monsieur, mon nom & ma figure ?
Je m'appolle Menechme, & c'est me faire injure.

MENECHME à part.

Voila, sur ma parole, encor quelque fripon !
Et de quel droit, Monsieur, me volez-vous mon nom ?
Je ne m'avise point d'aller prendre le vôtre.

LE CHEVALIER.

Pour moy, dés le berceau, je n'en ay point eu d'autre.

MENECHME.

Mon pere en son vivant se fit nommer ainsi.

LE CHEVALIER.

Le mien, tant qu'il vécut, porta ce nom aussi.

MENECHME.

En accouchant de moy l'on vit mourir ma mere.

LE CHEVALIER.

La mienne est morte aussi de la même maniere.

MENECHME.

Je suis de Picardie ...

LE CHEVALIER.

Et moy pareillement.

MENECHME.

J'avois un certain frere, un mauvais garnem
Et dont depuis quinze ans je n'ay nouvelle

LE CHEVALIER.

Du mien depuis ce temps j'ignore la fortune.

MENECHME.

Ce frere étant jumeau, dans tout me ressembloit.

LE CHEVALIER.

Le mien est mon image; & qui me voit, le voit.

**MENECHME.**

Mais vous qui me parlez, n'êtes-vous point ce
frere ?

**LE CHEVALIER.**

C'est vous qui l'avez dit, voila tout le myftere.

**MENECHME.**

Eft-il poffible, ô Ciel !

**LE CHEVALIER.**

Que cet embraffement
Vous témoigne ma joye & mon raviffement.
Mon frere, eft-ce bien vous ? quelle heureufe ren-
contre !
Se peut-il qu'à mes yeux la fortune vous montre ?

**MENECHME.**

Mon frere, en verité . . . je m'en rejoüis fort :
Mais j'avois cependant compté fur votre mort.

**FINETTE.**

En tout cecy, Madame, il n'y va rien du nôtre,
Quoy qu'il puiffe arriver, nous aurons l'un ou l'autre.

**DEMOPHON.**

L'incident que je vois, certes, n'eft pas commun.
(à Ifabelle.) Il te faut un époux, en voila deux pour
un.
Choifis le bon pour toy, ma fille, & te contente.

**ISABELLE** *reconnoiffant la marque du chapeau du
Chevalier.*

Puifque vous m'accordez le choix qui fe prefente ;
Portée également de l'une & l'autre part,
Je prens Monfieur, il faut en courir le hazard.

**ARAMINTE.**

Et moy, je prens, Monfieur.

**MENECHME.**

Il femble, à vous entendre,
Que vous n'ayez icy qu'à vous baiffer, & prendre.

**VALENTIN.**

Puifque chaçun icy prend ce qui luy convient,
Par droit d'aubeine auffi, Finette m'appartient.

ROBERTIN.

Moy, je vous prens tous deux. Je veux que l'on m'inſ-
    truiſe
En quelles mains enfin cette ſomme eſt remiſe.
L'un de vous a touché ſoixante mille écus.

LE CHEVALIER.

N'en ſoyez point en peine, & je les ay reçûs.
C'eſt moy qui pour la mienne ayant pris ſa valiſe,
Ay ſçû me prevaloir d'une heureuſe mépriſe.
C'eſt luy qui pour un legs vient d'arriver icy ;
C'eſt moy qu'on a cru mort, & qui m'en ſuis ſaiſi.
C'eſt moy qui dans l'ardeur d'une feinte tendreſſe,
A Madame autrefois ay fait une promeſſe,
Et c'eſt moy qui depuis, brûlant de plus beaux feux,
A l'aimable Iſabelle ay porté tous mes vœux.

MENECHME.

Vous m'avez donc trahi, vous, Monſieur le Notaire?

ROBERTIN.

Je n'ay rien fait de mal dans toute cette affaire,
Et j'ay du Teſtateur ſuivi l'intention :
Il laiſſe à ſon neveu cette ſucceſſion :
Monſieur l'eſt comme vous ; vous n'avez rien à dire.

LE CHEVALIER.

Aux Arrêts du Deſtin, mon frere, il faut ſouſcrire.
Mais vous aurez bien-tôt tout lieu d'être content,
Pourveu que ſans éclat, vous vouliez à l'inſtant,
En épouſant Madame, acquitter ma parole.

MENECHME.

Comment donc ? vous voulez que j'épouſe une fole?

ARAMINTE.

Et de quel droit, Monſieur, me faites-vous la loy ?
Je vous trouve plaiſant de diſpoſer de moy !

LE CHEVALIER.

Suivez tous deux l'avis d'un homme qui vous aime ;
Vous vouliez m'épouſer, c'eſt un autre moy-même ;
Et pour vous faire voir quelle eſt mon amitié,
De la ſucceſſion recevez la moitié.
Que trente mille écus facilitent l'affaire.

# COMEDIE.

## MENECHME *embraffant le Chevalier.*

A ce dernier trait-là , je reconnois mon frere.
Ca, ma Reine, époufons , malgré notre difcord.
Nous nous fommes tous deux chanté poüilles à tort,
Moy , vous nommant friponne ; & vous, m'appellant
  traître.
Nous n'avions pas pour lors l'honneur de nous con-
  noître.
Bien d'autres , avant nous , en formant ce lien ,
S'en font dit tout autant, & fe connoiffoient bien.

## FINETTE.

Moy, quand ce ne feroit que pour la reffemblance ,
Je voudrois l'époufer fans tant de refiftance.

## ARAMINTE.

Si je pouvois un jour me refoudre à ce choix ,
Je le ferois exprés pour vous punir tous trois.
Vous n'avez, je le voy, que mon bien feul en vûë :
Mais , en me mariant, votre attente eft déçûë.
Ouy, je l'épouferay pour me venger de vous,
Luy donner tout mon bien , & vous defoler tous.

## MENECHME.

Ce fera tres bien fait.

## DEMOPHON *au Chevalier.*

                    Vous , acceptez ma fille ,
Puifqu'un coup du hazard vous met dans ma famille,
Je voulois un Menechme ; en luy donnant la main
Vous ne changerez rien à mon premier deffein.

## LE CHEVALIER.

Dans l'excés du bonheur que le deftin m'envoye,
Mon cœur ne peut fuffire à contenir fa joye.

## VALENTIN.

Chacun, Finette, icy fonge à fe marier ;
Marions-nous auffi , pour nous defennuyer.

## FINETTE.

A ne t'en point mentir , j'en aurois grande envie ,
Mais je crains . . .

## VALENTIN.

            Que crains-tu ?

FINETTE.

De faire une folie.

VALENTIN.

J'en fais une cent fois bien plus grande que toy,
Et je ne laisse pas de te donner ma foy.
( *Aux Auditeurs.* ) Messieurs, j'ay reüssi dans l'hy-
  men qui s'apprête.
De myrthe & de laurier je vais ceindre ma teste;
Mais si je meritois vos applaudissemens,
Ce jour mettroit le comble à mes contentemens.


# FIN.

www.ingramcontent.com/pod-product-compliance
Lightning Source LLC
Chambersburg PA
CBHW071805020726
47502CB00004B/1005